UP Feltrinelli

Marco Ponti
Christian Hill

RIBELLI RESISTENZA ROCK 'N' ROLL

Postfazione di Giovanni De Luna

Prima edizione in "Feltrinelli Up" aprile 2021

Liberamente tratto da *La Resistenza perfetta*
di Giovanni De Luna, Feltrinelli, Milano 2015.

Stampa Grafica Veneta S.p.A. di Trebaseleghe - PD

ISBN 978-88-07-91063-0

FSC www.fsc.org MISTO Carta da fonti gestite in maniera responsabile FSC® C021883

La citazione alle pp. 32-33 è tratta da Carlo Angelo Bianco di Saint-Jorioz, *Della guerra nazionale d'insurrezione per bande, applicata all'Italia. Trattato dedicato ai buoni italiani da un amico del paese*, 1830; i versi a p. 75 da Boswell Sisters, *Rock and Roll*, 1934; le parole di Emanuele Artom a p. 92 dai suoi *Diari di un partigiano ebreo. Gennaio 1940-febbraio 1944*, a cura di Guri Schwarz, Bollati Boringhieri, Torino 2008; i versi a p. 130 sono da Woodie Guthrie, *All You Fascists Bound to Lose*, 1936.

Quanto segue trae ispirazione
da fatti realmente accaduti
e da personaggi realmente vissuti.
Ma non è la Storia ufficiale.
Questa è la nostra storia.

PRIMA PARTE

Autunno 1943

Io non ho bisogno della tua guerra civile
Che nutre i ricchi mentre seppellisce i poveri.
No, non ho bisogno di un'altra guerra.
E comunque che cosa ci può essere di civile
in una guerra?

GUNS N' ROSES, *Civil War*

1.

19 settembre 1943, domenica

C'è un tempo in cui le cose sono perfette.

Tutto improvvisamente si mette in ordine, tutto è chiaro, tutto è giusto.

E una riga divide chi fa le cose giuste da chi fa le cose sbagliate.

Chi è buono da chi è cattivo.

Chi uccide da chi muore.

Barge, un paese piccolo piccolo ai piedi delle Alpi.

Ci sono le case della gente, le cascine con gli animali, due fiumi, una stazione dei treni, una piazza e, nella piazza, una chiesa.

La chiesa di San Giovanni Battista, quello a cui avevano tagliato la testa perché voleva fare la rivoluzione insieme a Gesù.

Una bella chiesa, con tanto di campanile e orologio.

E una bella luce, dentro.

Ma c'è anche quel sentore di incenso che rimane sospeso nell'aria per giorni dopo la celebrazione di un funerale.

C'è una carrozza, tiro a quattro cavalli, diretta a quella chiesa.

A bordo, su divanetti di velluto, una famiglia. Diversa da molte altre. Gente che si veste bene anche gli altri giorni della settimana, non solo la domenica. Gente che abita in un palazzo col parco, che ha disposto che sia il giardiniere a potare le rose. Gente che in chiesa ci va in carrozza.

Il padre è un conte, la madre è figlia di un qualche principe ma tutti la chiamano la contessa. È giusto saperlo.

Ma questa storia non parla di loro. Parla dei figli: Astolfo e Eufrasia detta Cosetta.

Lei fa la prima liceo, e sa un sacco di cose e ha un sacco di idee e ama scriverle nel suo diario.

Lui ha due anni in meno e non ha mai incontrato nessuno che avesse il suo nome.

Geppo il giardiniere, a cassetta, tira le redini. Sta arrivando un treno in stazione e i cavalli, si sa, non amano i treni. Meglio fermarsi, lasciar passare.

Chi c'è nei vagoni? Qual è la storia di quella gente che fugge da una guerra ormai finita, con ancora la paura negli occhi e la stanchezza nei piedi?

A Barge la guerra non c'è stata. Qualche aereo da bombardamento in alto nel cielo, diretto a Torino, o Milano. Qualche colpo incerto di contraerea. In lontananza cannonate dal confine con la Francia.

In carrozza fa caldo. E, da fermi, ancora di più.

La mamma ha un ventaglio. Cosetta ha un fazzoletto ricamato di seta. Sposta una ciocca di capelli castani dagli occhi color miele.

Astolfo guarda fuori dal finestrino. Pensa che più veloce del treno c'è solo Tazio Nuvolari, che non ha paura di niente, neanche di morire, e sa guidare anche senza volante. Lui, quando gli chiedono che cosa vuole fare da grande, risponde: "Voglio fare Tazio Nuvolari". Come se Tazio Nuvolari, il mantovano volante, fosse un mestiere, una cosa che si impara e poi si fa per vivere. O per morire, a seconda di come azzecchi l'entrata nella parabolica di Monza, naturalmente.

Il treno fischia, passa. E, con uno stridio di metallo e una nuvola di vapore e fumo, comincia a frenare per fermarsi in stazione.

Geppo fa schioccare la lingua. I cavalli riprendono il passo.

Arrivano nella piazza del paese.

Fuori fa ancora più caldo che nella carrozza.

Tutto il mondo sembra immobile, il caldo ha trasformato le persone e le cose in un dipinto.

Il treno si è fermato ed è già ripartito, lasciando giù poca gente che è corsa a casa per cercare un po' di ombra. Sono rimasti solo alcuni ragazzi, diciott'anni, forse un paio in più. Alcuni, un paio in meno. Si guardano in giro, senza dire niente. Si aspettavano di vedere qualcuno.

Alcuni di loro sono soldati, ma senza armi, con le divise portate come abiti vecchi.

Un uomo non alto, dalla carnagione scura, capelli e occhi neri, si avvicina ai cavalli della carrozza.

Dalla spalla gli pende una mitragliatrice grande come un cannone, tedesca come le due pistole infilate nella cintura, e a tracolla porta due cinture di proiettili. Ha le unghie sporche e le mani rovinate. Tiene in bocca un sigaro, spento. Guarda il cavallo più bello, gli controlla la dentatura, come se volesse comprarlo. Vede che è sano, che ha un manto splendido.

Poi guarda il padre di Cosetta e Astolfo.

"Quanti anni ha?"

"Otto," dice il conte. "Lei chi è, mi scusi? Ci siamo già incontrati?"

"Non avete mai visto Zama," dice l'uomo. Ha un accento strano. La sua voce è greve come piombo, ma le sue parole sembrano cantate. Forse viene da qualche paese dove parlano spagnolo. Poi se ne va.

Cosetta lo guarda, quasi ammirata. Poi guarda il fratello.

"È un ribelle?" chiede Astolfo.

"No. Non credo..." risponde lei, con la voce che si perde, portata via dai pensieri.

La mamma li guida dentro la chiesa. Il coro attacca il canto di ingresso.

Si sta bene, lì dentro. Si respira e l'odore dei fiori è buono. L'organo suona una musica bella.

Ma Astolfo, le parole che dice il prete non riesce a sentirle.

Il mondo, fuori, lo chiama. Gli urla che è pieno di cose che deve vedere e di cose che deve capire.

Perché là fuori c'è gente come quell'uomo che si chiama Zama, che sembra essere pronto a combattere una guerra da solo. La guerra che ora non si capisce più. Prima si era amici dei tedeschi, ora li chiamano invasori e fanno paura.

A questa famiglia, fascisti e tedeschi non sono mai piaciuti. Anche questo è giusto saperlo.

Cosetta canta bene e poi ascolta la funzione con attenzione. La chiesa è piena di gente, ma Astolfo decide di uscire.

Fuori c'è troppa luce.

Il tempo di abituare gli occhi e nota che Cosetta lo ha seguito.

"Ma che fai, Fino? Torniamo dentro." Stringe il fazzoletto fra le dita.

"Subito. Volevo solo vedere..."

"Vedere cosa?"

Astolfo indica la piazza.

"Tutto."

I ragazzi scesi dal treno e spersi sono ancora lì, a metà strada tra sagrato e stazione.

Un trio se ne sta in disparte. Due ragazzi e una ragazza. Lei ha i capelli biondissimi e le trecce, e sta dicendo qualcosa che fa scoppiare a ridere gli altri. Poi però tornano seri, e zitti.

L'uomo che diceva di chiamarsi Zama è seduto in pace su una panchina, e tiene la mitragliatrice in grembo, come se fosse un animale da compagnia. Tira fuori di tasca un orologio, guarda l'ora, poi guarda il sole, poi guarda il vuoto.

La carrozza è parcheggiata poco lontano, Geppo è seduto a cassetta e fuma una sigaretta. Sembra minuscola, nelle sue mani grandi e callose.

I minuti passano, e non se ne accorge nessuno.

"Andiamo, dai. Qui fa troppo caldo e non succede nulla." Cosetta cerca di afferrare il polso di Astolfo, ma lui svicola.

Lei ora nota un uomo seduto al tavolino del bar. Ha gli occhiali da professore, è pettinato e vestito bene, con la camicia abbottonata fino al collo, gilet e giacca. Sta leggendo un libro e bevendo un caffè. Con un mozzicone di matita ogni tanto sottolinea qualcosa sulle pagine.

Accanto al libro ha una pistola a tamburo.

Delle campane lontane, di un'altra chiesa, battono le ore.

Mezzogiorno.

All'ultimo rintocco, si sente un rumore di zoccoli al galoppo.

Pochi istanti dopo, in groppa a un cavallo bianco, arriva un uomo. Indossa una divisa da ufficiale di cavalleria.

Basco militare in testa, baffi curati, quegli occhi da grande schermo, da film d'azione. Scende da cavallo e posa gli stivali lucidi sulla polvere della piazza.

Zama e il professore lo guardano, ma restano immobili.

I ragazzi spersi sembrano un po' meno spersi, ma anche loro restano lì, in silenzio.

L'uomo aspetta che tutta la polvere sollevata si posi per terra, poi lega il cavallo a un albero. Gesti precisi, senza fretta.

Estrae dallo stivale una baionetta, si china e comincia a tracciare una lunga linea sulla terra battuta.

Zama sbuffa, come se fosse uno spettacolo che ha già visto e queste cose non facessero proprio per lui. Però gli sfugge un mezzo sorriso di ammirazione quando guarda l'uomo del cavallo bianco.

Finito di tracciare la linea, l'uomo sembra accorgersi della presenza del gruppo di ragazzi spersi. Che fossero civili sbandati o soldati disarmati, così come tutti gli altri presenti si sono bevuti ogni suo gesto con grande curiosità.

Fa un cenno verso di loro, li guarda a lungo, uno per uno, i ragazzi e le ragazze, li guarda negli occhi.

E infine parla.

Ha una voce bassa, profonda. Quasi sussurra, come a obbligare tutti quanti a trattenere il fiato.

"Da questa parte si sta tranquilli," dice, e indica con la baionetta alla destra della linea. "E non si alza un dito, e quando verrà il momento di fare i conti si potrà dire che non si sapeva, che non si era visto nulla, che non ci si poteva neanche immaginare. Ma dentro di sé si saprà, sempre, per sempre, di essere stati complici..."

"Complici di chi?" chiede Astolfo, senza rivolgersi a nessuno.

"Dei fascisti," replica, piano, Cosetta.

"Ma la guerra non è finita? Mussolini è in prigione..."

"Non più. L'hanno fatto scappare. È finita una guerra, ora ne comincia un'altra, vedrai."

Astolfo vorrebbe saperne di più. Però tace, perché l'uomo con i baffi riprende a parlare.

"Da quest'altra, invece," e indica alla sinistra della linea, "si prendono le armi e si fanno solo due cose: si uccide e si viene uccisi. Magari poi si finisce anche all'inferno, ma questo è un problema che per ora non ci poniamo."

Una lunga pausa, di nuovo occhi negli occhi di tutti. Fa un passo. Ora è a sinistra della linea.

"Io sto qui."

Zama rimette il sigaro in una tasca della camicia, si alza e si avvicina all'uomo. Anche il professore si sistema gli occhiali, fa un'orecchia alla pagina che stava leggendo, recupera la pistola, lascia due monete sul tavolino e si piazza accanto agli altri due.

Silenzio.

Astolfo guarda la sorella. Sembra che lei non voglia più rientrare in chiesa, adesso.

Silenzio.

Da qualche parte sbatte una porta.

Un cane randagio attraversa la piazza.

L'uomo dice: "Di qua o di là. Scegliete voi".

I ragazzi spersi si muovono, come se avessero i piedi pesanti, ma si avvicinano. Le mani in tasca, gli sguardi bassi ma si muovono.

I tre più giovani che prima avevano riso si mettono alla sinistra dell'uomo e della linea.

Un paio di altri, soldati tristi, si uniscono a loro.

La parte che va a combattere in montagna.

"Sono ribelli," mormora Cosetta.

Altri quattro scelgono l'altra parte. Poi, come se provassero dolore, se ne vanno.

L'uomo guarda quelli che sono rimasti.

"Io mi chiamo Pompeo Colajanni e vengo dalla Sicilia. Voi però mi chiamerete Barbato. Per ognuno di voi, quando ve lo sarete meritato, ci sarà un nome nuovo."

I tre ragazzi più giovani si presentano. Pietro, Franco ed Ester.

Cosetta guarda la punta della sua scarpina bianca e blu e poi il nodo della cravatta del fratello. Con una specie di malinconia addosso, il suo sguardo sale fino agli occhi di Astolfo. Si capiscono senza parlare: quel tipo di scelta non riguarda quelli come loro. Non ancora.

Barbato risale a cavallo. Guarda il professore con un sorriso.

"Emanuele, prendi i nostri, e ci vediamo stasera al campo."

Il professore si avvicina ai volontari. "Ognuno di voi avrà una taglia sulla testa. E io ancora di più, perché sono già ricercato e pure ebreo, pensate un po'. Mi chiamo Emanuele Artom. Niente nome di battaglia."

Uno dei giovani gli chiede dove sia il fronte. Lui fa un cenno generico attorno a sé.

"Dappertutto."

Intanto Barbato, in sella al cavallo, si avvicina a Zama, e lo guarda stupito.

"Che fine ha fatto il tuo cavallo?"

"È morto."

"Perché?"

"Troppo lento."

Barbato si accorge che Astolfo e Cosetta non gli stanno staccando gli occhi di dosso. Con un tiro netto alle redini gira il cavallo verso di loro. Si tocca il basco, con fare cavalleresco. Fa un sorriso alla ragazza.

"Signorina."

Lei sorride. Arrossisce un po'. Ma forse è il caldo.

E in un lampo lui non c'è più. Solo la polvere sollevata dagli zoccoli e il suono lontano di un cavallo al galoppo.

Artom dice ai ragazzi di fare presto, di raccogliere le loro cose e di mettersi in marcia, che lo seguano. Aggiunge che la via è lunga, e che non ci sarà ombra, per loro.

Lasciano la piazza.

E nel frattempo la gente ha iniziato a uscire dalla chiesa e il silenzio perfetto si è frantumato.

Adesso arrivano il conte con la moglie.

"Siamo usciti poco dopo la Comunione," mente Cosetta.

La famiglia si muove verso la carrozza. Astolfo urta uno degli ultimi fedeli che stava uscendo dalla chiesa.

L'uomo si volta. È piccolo, capelli impomatati, occhi vicini. Camicia nera.

Astolfo gli chiede scusa, ma quello ha la faccia di uno che non ha mai scusato nessuno.

Quello sguardo ce l'ha anche sua moglie, e anche i suoi figli.

Tutti lo conoscono bene. Natale Spirito Novena. Prima era il braccio destro del podestà. Sulla sua scrivania, al palazzo del comune, si diceva che avesse esposti ben tre busti del duce per mettere in soggezione gli ospiti.

Ma la guerra è finita, no? Che farà adesso uno come Novena?

Per il momento si limita a gettare un'occhiataccia al figlio del conte. Poi, un cenno alla sua famiglia, e si incamminano verso la loro casa, che si affaccia proprio sulla piazza.

Astolfo e Cosetta salgono sulla carrozza.

Ed ecco che Zama, che sembrava scomparso nel nulla, arriva, sfila dalla carrozza il cavallo che aveva guardato prima, prende le redini, arrotola il resto e ci sale su, così, senza sella e senza dire nulla.

Geppo, viola di rabbia, sta per scendere giù da cassetta per fermarlo, ma il conte lo blocca.

"Lascia fare."

Cosetta e Astolfo si scambiano un'occhiata. Cosa sta succedendo?

Zama non dice neanche grazie e scompare davvero, correndo verso il sole.

La carrozza, ora con un tiro a tre cavalli, torna verso il Palazzo Serafini-Meacci di San Michele.

Non fa più caldo.

2.

23 settembre 1943, giovedì

Sono passati quattro giorni.

Quattro giorni e tutto è cambiato.

L'estate ha ceduto il passo all'autunno.

La temperatura si è abbassata di una manciata di gradi.

Questa parte di mondo non è più nel Regno d'Italia. Ma molti vogliono pensarsi liberi, anche liberi di combattere.

I soldati tedeschi non sono più ospiti, si comportano da padroni.

Al Palazzo Serafini-Meacci di San Michele tutto cerca di restare com'era ieri. Com'era quattro giorni fa.

Astolfo passeggia tra gli alberi. Nella sua testa c'è solo Barbato, e la linea nel terreno, e la ragazza dalle trecce bionde, e Zama che se ne va al galoppo con il loro cavallo.

Scorge Cosetta, seduta sotto la quercia, che è più vecchia del palazzo. Una radice sporge dal terreno. È un sedile perfetto.

Scrive, la ragazza. Scrive sempre sul suo diario.

Astolfo si avvicina, attento a non pestare le foglie ingiallite che hanno cominciato a circondare il tronco. Le arriva alle spalle. E sbircia, in silenzio.

Riesce a leggere solo poche parole, prima che Cosetta si accorga di lui e chiuda il diario.

"Che fai?" lo interroga, seccata.

"Barbato" ha letto Astolfo. E "Zama". E anche "Ester" e "Pietro". E l'ultima parola scritta dalla ragazza: "ribelli".

"Che faccio? Niente. E tu?"

"Niente."

Astolfo si siede. Cerca la domanda giusta, ma non la trova.

"Fino, posso leggerti una cosa che ho scritto?" dice Cosetta. La matita picchia sul ginocchio.

Astolfo è stupito. Il diario di Cosetta è sempre stato irraggiungibile, segreto, nascosto. Di solito è protetto da un "Questi sono fatti miei..." pronunciato con il sorriso ma ugualmente invalicabile.

Dallo sguardo della sorella capisce che questa volta Cosetta non sta riportando i suoi pensieri più intimi, questa volta sta raccontando qualcosa che li coinvolge tutti.

Astolfo annuisce.

"Senti qui: 'Oggi ho sentito il rumore della battaglia. Erano qui vicino, non ho visto nessuno ma sentivo urlare. Erano i feriti? Non lo so. Ma ho pregato per i ragazzi della montagna'. Cosa ne pensi?"

"Ce la faranno quelli lassù in montagna? E che succede quando arriva l'inverno?" chiede il ragazzo. È di nuovo in piedi e il suo sguardo va verso le alture. Gli alberi del parco le nascondono, ma lui sa in che direzione sono.

Dal palazzo arrivano voci concitate. Quello scompiglio che indica l'arrivo di un visitatore inatteso.

Astolfo e Cosetta sono addestrati a riconoscere il momento, e sanno cosa fare. Si affrettano verso casa.

Nell'atrio c'è Barbato.

E il professore.

Ma gli occhi vanno tutti su Barbato. Si è sfilato il basco, lo tiene nella mano sinistra. Il fregio dorato del reggimento di cavalleria è lucido, anche se il feltro è liso e logoro. A un'asola dal bavero, un piccolo fiore bianco.

Il conte e la moglie hanno preceduto i ragazzi e stanno già accogliendo gli ospiti.

"Pompeo Colajanni," si presenta l'uomo. "Avvocato. In una vita precedente."

Cosetta lo studia, quasi volesse mandare a memoria ogni dettaglio del suo viso.

"Sono il comandante," continua l'uomo. "Comunista e meridionale."

Astolfo guarda il padre. Nessuna famiglia nobile vede di buon occhio i comunisti, questo lo sa bene. Ma il conte offre la mano all'ospite. "Marcello Serafini-Meacci. Antifascista."

Barbato sorride. Il professore anche.

"Io sono Emanuele Artom. Il commissario politico." Ha una voce gentile, pacata. Intelligente.

"Accomodatevi," dice il conte. Un cenno a Tita la governante e le porte del salone si schiudono.

I camerieri servono il tè con le paste di meliga fatte in casa.

Il conte pone domande, Barbato, a suo agio, risponde. Si apre. Racconta.

Di come poco dopo la firma dell'armistizio, quando i soldati italiani non sapevano bene che fare, cinque uomini, gli unici rimasti in una caserma abbandonata, riuscirono a tenere a bada un intero reparto tedesco che intendeva requisirla.

Di come l'anno prima, in Africa, quando gli inglesi erano ancora i nemici, lui stesso promosse a ufficiale un soldato semplice sul punto di morte. Tale era stato il suo coraggio che si meritava quella soddisfazione. Anche se chiuse gli occhi per sempre pochi secondi dopo la promozione.

La conversazione poi devia su temi inaspettati: la filosofia. E quanto sia bella la Sicilia.

Artom segue, sorride. Ogni tanto aggiunge un commento. Ma lascia il palcoscenico al suo comandante.

Astolfo è affascinato dagli ospiti. Il suo occhio cade spesso sul fiorellino al bavero di Barbato. Riconosce una stella alpina, che cresce solo sulle montagne più impervie.

Ma, ancor di più, è stupito da Cosetta: è incredibile come la sorella chiacchieri con Barbato come se fossero amici da sempre e si somigliassero in tutto. Conosce Marx meglio dei comunisti, ha letto Tolstoj e cita san Tommaso.

Eppure lui ha almeno il doppio dei suoi anni. Lei è una giovane studentessa, lui un ribelle. Lei vive in un palazzo, lui in un campo tra le montagne. Lei dorme in lenzuola di seta, lui sotto una spessa coperta militare.

Lei una devota cristiana, lui un comunista ateo.

Eppure la loro intesa è perfetta.

Astolfo osserva gli scambi, meravigliato.

E poi Barbato viene al punto.

"Conte, sono venuto di persona per chiedere il suo perdono per il cavallo che le è stato sottratto la scorsa domenica."

Il conte tossicchia. "Non è necessario. Davvero."

"No. Lo è. Il mio compagno si è comportato in maniera scortese. Tuttavia il cavallo ci serviva davvero. Quindi, pur scusandomi per le sue maniere, non posso condannare la sua azione: il cavallo andava requisito."

"Lo capisco."

"Non potremo restituirlo," continua Barbato. Serio, ma con un tono capace di rassicurare chi lo ascolta. "Perché serve alla causa. Né possiamo permetterci di risarcirlo. Mi dispiace."

Il conte si alza in piedi. "Comandante, lo ripeto. Non è necessario."

Barbato si alza.

"La ringrazio. Tuttavia, mi permetta..."

Pesca un piccolo libro da una delle ampie tasche della giubba militare. È un volume sgualcito. Antico.

Si avvicina alla contessa e glielo porge con un inchino accennato.

"Un pensiero per la sua biblioteca."

Con un sorriso lei prende il libro, apre la copertina, socchiude gli occhi e legge il frontespizio.

Barbato continua: "È l'autobiografia di Vittorio Alfieri, nella sua prima edizione del 1806".

"È uno dei miei autori e poeti preferiti," commenta la donna. "Ma è troppo, come l'ha ottenuto?"

"Non vale un cavallo, contessa. L'ho trovato nella biblioteca di un gerarca fascista che si era... diciamo così, allontanato. Ho pensato che quella non fosse la giusta dimora per questo libro. Starà molto meglio qui."

La contessa annuisce. Chiude gli occhi. "Grazie."

"I miei uomini mi aspettano. Vi ho già sottratto anche troppo tempo," dice Barbato, facendo un cenno ad Artom.

Il professore si alza in piedi, si liscia i pantaloni con le mani.

"Comandante," dice il conte. "Questa casa è la vostra casa."

Barbato sorride.

"Eh, sarebbe bello." Ma non c'è invidia in quelle parole, né alcun giudizio. Solo ironia e un po' di leggerezza.

Poi si volta, si incammina, si ferma di fronte alla poltrona dove è seduta Cosetta. Con un gesto veloce, si toglie la stella alpina dal bavero. La offre alla ragazza.

"Dalle montagne..." dice.

Cosetta sorride.

"Astolfo," ordina il conte. "Accompagna i nostri ospiti."

Sul viale alberato che porta al cancello sulla strada Astolfo trotta al fianco dei due uomini.

"Barbato, ma quei ragazzi che c'erano in piazza, l'altro

giorno… quelli che sono venuti via con lei… quanti anni hanno?”

Barbato si ferma. Un’occhiata rapida ad Artom. Un mezzo sorriso. “Non importa quanti anni si hanno, ragazzo. Importa solo se si è pronti. E questo non posso giudicarlo io e nemmeno il nostro Emanuele.”

Giunti al cancello, Astolfo nota Zama. L’uomo attende, fumando il sigaro.

“Barbato! Finalmente. Devo mostrarti…”

E da un tascapane che gli penzola a tracolla estrae un foglio di carta. Lo spiega, è grande come la pagina di un quotidiano.

Una mappa.

Gli occhi di Astolfo notano un particolare: la mappa è imbrattata di sangue. Di un rosso così vivo che sembra essere appena zampillato da una ferita.

Forse è solo suggestione, ma per Astolfo la mappa gronda un liquido rosso vermiglio che gocciola sulla terra battuta.

Gli occhi di Barbato si allargano, si lascia scappare un’imprecazione e un sorriso.

Artom gli appoggia una mano sulla spalla. Con un cenno del mento, gli indica Astolfo.

Barbato annuisce. Torna serio. E a Zama ordina: “Mettila via. Ne parliamo dopo”.

3.

5 novembre 1943, venerdì

Il tempo, in guerra, scorre con ritmi sconosciuti. Alle volte è tutto immobile, anche le nuvole nel cielo. Poi, d'improvviso, come in un acquazzone, il tempo si strappa e grida ed è in quel momento che la violenza arriva addosso al corpo degli uomini.

Un pomeriggio, al palazzo arriva Ester. Gli occhi sono blu, quasi viola, le guance punteggiate di lentiggini, i capelli raccolti nelle stesse trecce biondissime di quando è arrivata in paese col treno. Ma il tempo di guerra le ha messo addosso una specie di stanchezza, di paura, di freddo, che sembrano passati anni da quel momento in cui ha attraversato la linea.

È sempre incantevole.

Posa la bicicletta a terra, senza neanche pensare di appoggiarla al cavalletto. Corre dentro casa e poi si ferma a prendere fiato.

"Una caraffa d'acqua, per favore," dice il conte, che era al tavolo da disegno impegnato in un panorama ad acquerello. Lo raggiunge dal giardino anche la contessa, e infine arrivano Astolfo e Cosetta. Ora che i ribelli sono diventati i signori dei boschi e l'amicizia della famiglia è stata dichiarata, queste visite inattese potrebbero divenire la norma.

L'acqua è fresca ed Ester non vuole sedersi, ha fretta. C'è un ferito, al campo, sta male. Gli hanno sparato. C'è bisogno di cose per salvargli la vita: Ester ha una lista scritta a matita su una vecchia busta. La contessa legge ad alta voce: "Garze, alcol, polvere sulfamidica, bende". Poi scompare seguita da Cosetta.

"Un dottore ce l'avete?" chiede il conte.

"Sì, cioè no. Ne hanno già chiamato uno. Però manca tutto e allora Barbato mi ha mandata qua perché siete amici."

Lo dice così, senza quasi pensare: amici. Questa parola scorre sempre come una carezza addosso a chi la riceve.

La contessa e Cosetta tornano con due borse di tela. In una c'è tutto quello che può servire al dottore. Nell'altra, pesante, ci sono pane, vino, salami, barattoli di marmellata e di verdure.

Ester ringrazia con un sorriso che illumina il mondo e prende le borse.

Nel cortile prova a tenere le borse in spalla ma la bici, la salita che l'aspetta e la fretta che le morde il cuore la mettono in difficoltà.

"Aiutala," dice il conte al figlio, guardando Ester dalla finestra. E Astolfo prende le borse e corre a far preparare il calesse. È il modo più veloce per portare le bende a destinazione.

Il cavallo trotta verso il sole che tramonta su una giornata di guerra.

Per strada, a lungo tra i due c'è silenzio. La bicicletta, in bilico tra le borse, oscilla ritmicamente. Ogni due passi del cavallo, la catena urta una molla del sedile.

I raggi di sole scaldano il viso di Ester e Astolfo, e rendono il viaggio meno pesante.

Poi, all'improvviso, Ester guarda il ragazzo. Ha le lacrime agli occhi.

"Due sono morti, e non siamo riusciti a portarli via con noi. Tre li hanno presi prigionieri. E a Bruscolo gli hanno squarciato la pancia, ma adesso è al campo. Non so se è ancora vivo, però."

Ad Astolfo sembra tutto impossibile, sembrano cose da romanzo d'avventura.

"Quanti anni hanno?" chiede.

"Chi?" dice lei.

"Quelli che sono... i tuoi compagni." Non riesce a dire "morti", la parola gli si gela tra i denti.

"Non lo so. Come noi."

Come noi. Astolfo è uscito di casa pensando di essere un "io". Ma due borse pesanti per aiutare i ribelli lo hanno fatto un "noi".

È una di quelle cose che ti tengono sveglio la notte.

Questa, e il pensiero di quelle trecce bionde, al tramonto. Già lo sa.

"Ma tu, hai avuto paura?" le chiede.

Lei non risponde. Socchiude gli occhi perché stanno andando verso il tramonto.

Arrivano al campo che è quasi buio.

L'ultimo sguardo è per la misteriosa geometria dei vigneti, gli ultimi istanti di silenzio sono per ascoltare il canto dei contadini che stanno tornando a casa dopo la loro lunga giornata di vendemmia.

Un giovane americano, Kurt, li accoglie con un monologo in inglese, del quale Ester non capisce una parola, poi l'uomo prende in consegna il borsone delle medicine e corre via.

"Io lo chiamo Kurt Qualcosa, perché ha un cognome strano, tedesco, ti rendi conto? È americano, però i suoi genitori sono tedeschi e lui combatte contro i tedeschi, roba da non credere, no?"

"Be', adesso anche gli italiani combattono contro gli italiani..."

"Vero. Che schifezza, eh? Senti, ho visto che lo ascoltavi. Tu l'inglese lo parli?"

"L'ho studiato, sì."

"E che cosa mi ha detto?"

"Ha chiesto chi ero, ma poi non gli importava più perché aveva fretta, e ha detto che le cose da mangiare le devi portare alla cucina e infine ha detto una cosa che non so se ho capito bene."

"Tipo?"

"Sì, ha detto... *you are beautiful like the rainbow.*"

"Che sarebbe?"

"Vuol dire che tu, sì, insomma, sei bella come l'arcobaleno."

Lei ci pensa su, poi ride.

"Quello non solo è americano e tedesco, è pure pazzo. Andiamo, vieni con me!"

Astolfo sa che è ora di tornare a casa, tra un minuto sarà buio, ma lei ha detto di seguirla e lui sa che è giusto così. Guarda il campo. Ci sono un centinaio di persone, uomini e donne, ragazze e ragazzi. Forse di più: sono tutti in movimento, tutti sanno cosa fare, dove andare. Sembra l'equipaggio di una nave pirata.

Vede Barbato, che con Zama e Artom è seduto a un tavolo da campo: studiano la mappa insanguinata che lui ha già visto, discutono animatamente. Ma si capisce che sono amici e che comandano loro, lì al campo. Lo si intuisce da come gli altri li guardano, da come li ascoltano. Barbato vede Astolfo, alza un braccio per un saluto che è anche un grazie, poi torna alla mappa.

Dov'è finita Ester?

In un attimo Astolfo l'ha persa di vista. La ritrova all'ospedale da campo. Ma la prima cosa che vede non è lei. La prima cosa che vede è un uomo sdraiato su un tavolaccio improvvisato con delle assi. E su quelle assi c'è tanto di quel sangue che sembra di essere in una macelleria.

Il ferito trema e guarda il vuoto.

Aveva ragione Ester. Ha la loro età. Ripete a denti stretti solo la parola "mamma".

E poi è proprio come diceva. Gli hanno aperto la pancia.

C'è puzza. E mosche. E quello che si vede dentro alla pancia è come un urlo che investe Astolfo e lo fa piegare in due. Vomita.

Quando riesce a rialzarsi, Ester gli porge il fazzoletto ricamato, per pulirsi.

"Tienilo pure, tanto è vostro," dice con un sorriso. "Però qui non c'è bisogno di gente che sta male. Abbiamo un sacco di cose da fare."

Astolfo si pulisce la bocca, imbarazzato: non si è mai sentito così inutile in vita sua. Vorrebbe scomparire. Ma è un mondo così diverso da tutto quello che ha visto finora che resta lì, incantato e terrorizzato.

Kurt sta tirando fuori il materiale dalla borsa leggera e lo dispone su un piano d'appoggio. Arriva un ragazzo alto alto, con un velo di barba e lo sguardo spaventato. Era uno dei due che stava con Ester, in piazza a mezzogiorno, mille anni fa.

"Il dottore non arriva," dice il ragazzo.

"Che cosa facciamo?" Ester si guarda attorno, sono soli.

"Lo opero io."

"Pietro, ma che ne sai tu?"

"Mi sono iscritto a Medicina, no?"

"Tre settimane fa."

"Sì. Però questo muore. Aiutami." Poi si ferma e guarda la ragazza con il mento che gli trema. "Ho paura, Ester."

Lei gli fa una carezza sulla spalla e poi si rimbocca le maniche della camicetta.

"No. Non hai paura. Nessuno qui ha paura."

Astolfo non vorrebbe vedere, ma guarda.

Vorrebbe tornare a casa, ma resta.

Due proiettili vengono estratti dal corpo del ragazzo e poi buttati a terra.

La ferita viene disinfettata e ricucita come Pietro riesce. Le bende che dormivano in un armadio del palazzo adesso fasciano il corpo di un giovane soldato. Che ora dorme. La notte deciderà se abbracciarlo per sempre o farlo tornare a combattere.

Astolfo raccoglie uno dei proiettili da terra, un globulo di piombo deformato che ormai ha perso il suo aspetto minaccioso… eppure ha quasi ucciso Bruscolo. Se lo mette in tasca.

Ester lo accompagna verso il sentiero, ha ancora le mani sporche di sangue e i muscoli che le tremano a forza di tenere fermo il ragazzo.

Nel campo girano vino, sigarette, racconti, canzoni. In un crocchio di ribelli, Astolfo scorge la vivacità di una sagra di paese. In un gruppo poco oltre, la gravità di un consesso militare.

Qualcuno, seduto vicino alla sua tenda, legge una copia stropicciata del giornale partigiano "Stella Garibaldina".

Attorno a un fuoco, una donna legge ad alta voce un libro a un gruppetto di persone. È grande. Avrà almeno trent'anni.

"Questo è il manuale di guerriglia del conte Carlo Angelo Bianco di Saint-Jorioz, non ho idea di chi sia stato, ma fate attenzione. Prima raccomanda al lettore di essere di stomaco forte, e poi scrive queste cose: 'Se poi di stomaco debole vi sentite; in quella fogna quai rettili fangosi, a dibattervi nel loto della turpitudine continuate; e quali or siete, lo zimbello dei tiranni, lo scherno degli stranieri, il vitupero delle genti perpetuamente rimanete'."

"Cosa cavolo vuol dire?" dice uno nel buio.

"Vuol dire che se hai paura di combattere con noi, sei una merda."

Astolfo pensa che è una specie di scuola, quel campo. Una scuola dove le materie sono la guerra, la vita, la morte, la paura, il coraggio, la felicità.

Barbato e i suoi due amici sono ora impegnati in un discorso a una trentina di facce nuove. Mentre distribuiscono loro i fazzoletti dei Garibaldini spiegano che per essere dichiarati "combattenti" bisogna partecipare ad almeno tre azioni di guerra e restare per sei mesi in una banda. Non è un posto per gente che si stanca, quello. Né per gente che pensa che la guerra sia una grande avventura. Poi aggiunge che non è neanche un posto per chi chiacchiera e basta. C'è bisogno di armi. Hanno scoperto che ce n'è in abbondanza nella caserma della milizia fascista a Crissolo, e ora tutti devono andare a dormire perché domani sarà una giornata importante: si deve pianificare l'assalto. Siccome domenica sarà la prova del fuoco per molti di loro, c'è anche da imparare al volo che cosa sia un combattimento coordinato. Dunque tutti in branda e silenzio. La notte sarà breve.

Zama si avvicina a Barbato. Parla piano, ma non abbastanza da non farsi sentire da Astolfo, Ester e Pietro.

"Dai a Zama uno zaino pieno di bombe a mano e lui ci va da solo. È più tranquillo che portarsi dietro tutti questi ragazzini in gita scolastica."

Barbato lo guarda un secondo, serio. Poi scoppia a ridere.

"Le rivoluzioni non si fanno con gli eroi, ma con gli uomini," chiarisce Artom, con la sua voce pacata. "E con le donne, ovviamente," aggiunge. Poi continua, alzando la voce. "Si fanno se non ci sono soldati, ma fratelli. Ciò che diciamo stanotte verrà dimenticato, ma quello che faremo domani resterà in eterno."

Zama scuote la testa, però sta sorridendo. Poi getta a terra il sigaro e abbraccia il professore.

"Sono dei grandi," mormora Franco, che ha raggiunto gli altri ragazzi. Era il terzo del gruppetto in piazza. Ha un grande sorriso di ammirazione sulle labbra.

Astolfo procede verso casa. Gli hanno assicurato che questi sentieri sono sicuri, non vengono pattugliati né dai tedeschi – troppo pochi – né dai fascisti – troppo disorganizzati. Eppure si sente solo, sperduto. Improvvisamente quel calesse gli sembra un reperto di tempi antichi. Ha una piccola torcia per illuminare lo sterrato. Gliel'ha data Pietro, dicendo che così poi un giorno tornerà a trovarli, per restituirgliela.

La mano in tasca tocca il proiettile. Questa dunque è la guerra: pezzi di metallo che aprono le pance degli uomini come insulti, e corpi che perdono la magia e diventano carne su tavole da mattatoio.

La luna è nascosta, il bosco è silenzioso e il campo dei ribelli è un sogno lontano, difficile.

Ma c'era una linea per terra, una linea invisibile all'ingresso del campo.

E Astolfo, quella linea l'ha attraversata.

4.

7 novembre 1943, domenica

"Sei mai stata a Crissolo?" chiede Astolfo alla sorella. Il caffellatte sta raffreddandosi nella scodella. Il biscotto penzola tra le sue dita, dimenticato.

"No, perché?"

"Niente."

Invece non è "niente". Infatti passa solo un minuto.

"Credo che dovremmo andarci. Oggi. Subito."

Cosetta lo guarda. "Perché? E poi come? Ma soprattutto, perché?"

"Succederà qualcosa, oggi. Qualcosa che vorrai raccontare nel tuo diario. Dobbiamo andare a vedere."

Cosetta è pensosa. "C'entrano forse i..."

"...Sì."

"D'accordo, allora. Ma come?"

"Prendiamo il calesse."

"Ma si gela! E ci vorranno almeno due ore."

"Infatti, dobbiamo partire subito, se no ce lo perdiamo."

"È tardi. Vado a dire a Geppo di preparare il calesse. Ti aspetto in cortile. Papà non saprà dirti di no."

Cosetta è alle redini. I due cavalli trottano. Le molle del sedile cigolano lievemente. Ricordano il rumore dei grilli d'estate. Il sole si sta alzando, diradando un po' la nebbia che ricopre la pianura.

"Ho detto che andavamo da Luigia. La sua gatta ha fatto i cuccioli."

"Li ha fatti davvero?"

"No."

Cosetta fissa la strada, le labbra serrate. Astolfo capisce che saranno due ore di silenzio. E capisce che per loro due quel giorno sarà un giorno unico, speciale. Alle loro spalle, tutto il mondo che conoscono bene e che fino a ieri era bello, normale, ricco. E immutabile.

Ma davanti ai loro occhi, ecco il futuro.

"Di qua," indica Astolfo. "Lasciamo il calesse qui. Ci avvicineremo a piedi."

"Dove stai andando?"

"Ce l'hai il diario e la matita?"

Cosetta annuisce. Astolfo scende a legare i cavalli, poi le fa cenno di seguirlo.

Trova il punto che cercava, vicino a una casupola abbandonata, dietro una staccionata. Attraverso le fessure osservano.

Una caserma.

C'è un uomo in camicia nera, fuori, che sta finendo una sigaretta, poi la butta a terra. Rientra.

Astolfo guarda l'orologio. Le dieci.

"Appena in tempo," mormora. Dalla tasca estrae un binocolo. Lo passa a Cosetta. "Guarda."

"Non succede niente."

"Aspetta."

Con un gran frastuono arriva una camionetta sollevando nuvole di fumo grigio. Passa vicino all'ingresso della caserma, senza rallentare, qualcuno lancia alcune bombe a mano che rotolano fin sotto il portone, e poi si allontana.

Tre, quattro, cinque secondi più tardi e un grappolo di scoppi scuote l'aria e distrugge il portone.

Astolfo e Cosetta cadono a terra per la folata inaspettata di vento, e assordati dal boato.

Si rialzano subito, riguadagnano le fessure. Devono vedere.

La camionetta è tornata, sono scesi dieci, no forse quindici uomini. E donne. E ragazzi.

Barbato, Zama, Artom.

Altri sconosciuti, visi incontrati al campo, ma ancora senza nome.

Franco, Pietro.

Ester.

Si piazzano dietro la camionetta e puntano le armi.

Zama invece va dritto verso quel che resta del portone e, come se nulla fosse, inizia a sventagliare colpi con la mitragliatrice, crivellando il muro della caserma e facendo esplodere tutti i vetri delle finestre.

Barbato, lucido e sicuro, dà indicazioni che non ammettono repliche né incertezze. Artom, con gli occhi sgranati, fa svolazzare per aria la sua rivoltella.

Cosetta e Astolfo sono ipnotizzati. La ragazza, in piedi, punta il binocolo oltre la staccionata.

Astolfo, in ginocchio, ha il viso appoggiato contro il legno, gli occhi che invadono la fessura. Vedono solo Ester: armata di una pistola enorme nella sua piccola mano, è pronta a sparare.

Dall'interno della caserma partono pochi colpi incerti, poi silenzio. Qualche grido, niente di più.

Zama urla e si lancia dentro la caserma, continuando a sparare con la mitragliatrice fino a che le fasce di munizioni che gli drappeggiavano il braccio destro non sono esaurite. E allora posa l'arma, prende le due pistole dalla cintura e spara in tutte le direzioni.

Barbato ordina agli altri di seguirlo e corre dentro. Spariscono nel fumo.

Non succede nulla.

Cosetta e Astolfo si scambiano un'occhiata. Che fare?

La ragazza legge l'eccitazione negli occhi del fratello. Gli posa una mano sul braccio, scuote la testa.

"Non ci pensare nemmeno," sibila.

"Ma..."

"Stiamo accarezzando i gattini di Luigia." Sono passati pochi minuti ma sembra che siano ore e ore di battaglia. Gli spari risuoneranno per sempre nelle loro orecchie.

Rapidi come sono entrati, i ribelli erompono dalla caserma con l'adrenalina che gli ha lavato via la paura dagli occhi e li fa brillare di foga e passione. Brandiscono delle armi, il loro bottino, e un carretto carico di materassi, molte coperte, sacchi di farina, zucchero, ceci.

E grida. E clamore.

Risate.

Cosetta e Astolfo li osservano con trepidazione. Ne assorbono l'emozione, la vittoria. La sensazione di invincibilità.

Zama recupera la sua mitragliatrice. Un'arma così non si trova facilmente.

Barbato è l'ultimo a uscire. Con lui due ribelli e un uomo con una giubba grigioverde. E un sacco in testa.

Mentre i due fanno salire il prigioniero sulla camionetta, spingendolo con la punta delle armi, Barbato raggiunge gli altri ribelli. Si sistema il fucile a tracolla e si guarda intorno. Distribuisce complimenti, pacche sulle spalle, buffetti sulle guance.

Frammenti di frasi, mescolate a grida e risate.

"I fascisti sono scappati subito!"

"Correvano come conigli!"

"Hanno mollato giù le armi!"

"Se la sono fatta sotto!"

Ma bisogna fare in fretta, tornare subito nel bosco, dopo uno scontro a fuoco la terra scotta sotto i piedi.

"Zama, andiamo!" dice Barbato.

"Andate voi," dice lui. È seduto con la schiena al muro della caserma e sta inserendo una nuova fascia di munizioni nella mitragliatrice. "Io resto a controllare che non abbiamo dimenticato niente. Ci vediamo al campo."

Barbato annuisce. I ribelli salgono sulla camionetta e in un attimo, in un altro sbuffo di fumo dal tubo di scappamento, sono partiti. Si sente la voce di Artom che, esaltato, urla: "Abbiamo fatto scappare i fascisti! Abbiamo fatto scappare i fascisti!".

Zama guarda i compagni allontanarsi, poi si gira verso la staccionata. La canna della mitragliatrice punta a terra, ma la direzione è già una velata minaccia.

"Uscite subito da lì, voi due."

5.

7 novembre 1943, domenica

Astolfo e Cosetta si guardano, terrorizzati.

"Fuori o sparo!" ordina Zama.

I due ragazzi passano attraverso un varco nella staccionata e vanno verso la caserma. A occhi bassi. Astolfo prova anche ad alzare le mani: quell'uomo e quella mitragliatrice fanno paura.

Zama lo guarda e ride.

"Ti arrendi già? È un po' presto."

Astolfo abbassa le mani.

"Signor Zama," prova a discolparsi Cosetta, "noi abbiamo saputo di questa… azione e volevamo solo vedere…"

"Non sono un signore. Mi chiamo Zama. Avete sbagliato. Se ci aveste fatti scoprire vi avrei già sparato, non mi interessa che siete nobili, o ricchi o quello che siete. Adesso venite dentro e mi date una mano. Abbiamo poco tempo. Poi torneremo con il vostro calesse, che è in bella vista là dietro."

Astolfo e Cosetta si scambiano un'occhiata. Guardano il calesse: sembrava un ottimo nascondiglio. Zama li precede nella caserma. Non possono che seguirlo.

La luce entra libera nelle grosse stanze, ora che i vetri delle finestre sono tutti frantumati.

Sembra esserci stato un terremoto. I mobili – sedie, scrivanie, armadi, archivi – sono rovesciati, fuori posto, sfondati. Ovunque fogli di carta. Quanta carta serve per mandare avanti il mondo?

Zama avanza, col dito che accarezza il grilletto della mitragliatrice.

Setaccia le stanze con cura, ogni volta che trova dei documenti, li guarda velocemente e, in base a logiche che solo lui conosce, ne mette una parte nella bisaccia e butta l'altra per terra. Trova anche dei soldi e una pistola semiautomatica Beretta M35. La guarda con un sorriso e la dà a Cosetta.

"Questa te la regalo. Roba da femmine."

Cosetta la prende: è pesante e le fa paura, ma Zama si sta già occupando d'altro.

"Documenti d'identità," mormora. "Questi ci servono." E li infila nella bisaccia.

Cosetta e Astolfo lo guardano, la schiena forte china su un casellario. Non lo stanno aiutando granché.

Astolfo spinge una porta che era rimasta socchiusa e viene investito da una zaffata pungente.

È l'odore che ha sentito quando ha assistito alla macellazione di un manzo. È l'odore che ha respirato quando il conte l'ha portato allo stadio a vedere una partita del Torino e lui, durante il secondo tempo, è dovuto andare ai bagni pubblici. È l'odore di zolfanello che ha sentito ogni volta che ha acceso una candela.

"Che puzza!" dice Cosetta.

E poi vedono il corpo.

Ha uno squarcio sul collo, la pelle bruciacchiata ha il colore della crosta dell'arrosto che Severina prepara la domenica. Il sangue si è raccolto in una pozza che ricorda la forma della Sicilia. I pantaloni sono inzuppati. Il tanfo toglie il fiato. Gli occhi sono ancora aperti. Terrorizzati. Ma è morto.

"Oddio," mormora Cosetta.

Astolfo cerca di scacciare la paura e il ribrezzo. "Se l'è meritata: è un fascista," dice spavaldo.

Cosetta gli tira uno scappellotto sulla nuca. "Abbi rispetto, Astolfo! Non lo vedi che era solo un ragazzo?"

"Tuo fratello ha ragione," dichiara Zama, di nuovo alle loro spalle. "Era un fascista."

Astolfo arrossisce. Vorrebbe scappare, lasciarsi tutto dietro. Essere davvero a casa di Luigia ad accarezzare gattini. Gattini inesistenti.

E dal nulla, da lontano, da fuori – forse attraverso una finestra – arriva uno sparo.

Avrebbe potuto colpire Cosetta, o Astolfo. Ma la pallottola si conficca nel petto di Zama.

L'uomo cade indietro. La sua mano cerca di afferrare quella di Cosetta, ma manca la presa. La sua nuca urta il pavimento a non più di una spanna dalla pozza di sangue del fascista.

Un attimo dopo Zama si rialza, corre alla finestra e punta la mitragliatrice verso il punto da cui pensa che sia partito il colpo. Non urla, non si lamenta, il suo sangue zampilla dal foro nel torace.

Spara.

Cosetta e Astolfo lo seguono con lo sguardo, atterriti.

Sentono i colpi di Zama incrociarsi con altri, più timidi, forse di un fucile. Zama individua il nemico: un fascista arrampicato su un albero poco distante.

La mitragliatrice di Zama disintegra il tronco, i rami, fa tremare il mondo e non si ferma finché l'uomo non si schianta al suolo.

Zama balza fuori della finestra e copre i pochi passi che lo separano dall'albero. Dal corpo. Prende la pistola del fascista e gli spara ancora alcuni colpi, fino a che del nemico non c'è più niente, non un volto, non un respiro. Poi posa la sua mitragliatrice fumante, trascina il cadavere in un fosso, lo ricopre con delle frasche e torna verso la caserma.

Astolfo e Cosetta sono alla finestra, lividi e increduli. Seguono ogni suo passo senza nemmeno respirare.

Allora Zama li guarda, la giacca lorda di sangue e la pelle bianca. Annuisce ad Astolfo, ma il ragazzo non capisce cosa voglia dirgli. E, improvvisamente, all'uomo cedono le ginocchia.

Astolfo e Cosetta escono dalla finestra. Il piano è rialzato, ma entrambi hanno passato l'infanzia ad arrampicarsi sugli alberi della tenuta.

In un attimo gli sono accanto, bisogna andare via, ora, bisogna andare via subito. Lo aiutano ad alzarsi, lui strascina i piedi.

"Presto, al calesse!" dice Astolfo.

Ma c'è rumore di mezzi di trasporto.

Voci.

Sempre più vicine.

Tedesche.

Provano a camminare, una strana creatura insanguinata a sei zampe, ma Zama è pesante, e le sue gambe strisciano inerti sul suolo. Procedono conquistando a fatica un centimetro alla volta. Raggiungono la staccionata.

"Andate via, voi!" ordina Zama.

"No, non ti possiamo lasciare qui..." dice Cosetta, pallida pallida.

Zama con calma si libera dal loro aiuto, tira fuori dal cinturone una pistola Luger P08 e la punta alla fronte della ragazza.

Cosetta non aveva mai visto una pistola prima.

Ora ne ha una in tasca e una puntata alla fronte.

Sente una specie di terrore che la stringe al basso ventre, e quando vede l'abisso della canna il tempo sembra dilatarsi all'infinito.

"Andate. Obbedite."

"Non siamo partigiani, noi."

"Se vi prendono vi ammazzano. Oppure vi ammazza prima Zama."

Astolfo vorrebbe intervenire, poi scopre che sua sorella è più forte di quel terrore.

La guarda, fa finta che il sudore non le stia scendendo sugli occhi come un velo.

"Astolfo, prendi il calesse e va' ad avvertire gli altri. Noi aspetteremo qui," dice, indicando la casupola disabitata. "Se ci prendono, inventeremo qualcosa."

Zama abbassa l'arma, sembra accettare quella strana sicurezza che emana da una ragazzina con le scarpine bianche.

Astolfo annuisce e corre via.

Però non va lontano. Ci sono altri due tedeschi, chissà da dove sono spuntati. Forse aspettano dei compagni. Stanno fumando vicino al calesse. Sono rilassati, ma è meglio non farli agitare.

Astolfo torna dentro. Vuole avvisare i compagni, ma non serve. Con la forza della disperazione, entrata dentro la casupola, Cosetta sta spingendo Zama, la sua bisaccia e la mitragliatrice sotto un letto matrimoniale, tamponando la sua ferita con un pezzo di gonna strappato.

Il cupo borbottare dell'automezzo tedesco si interrompe.

Le voci tedesche si avvicinano. Non vanno alla caserma! Stanno andando proprio lì.

Dalle battute e dalle risate sguaiate, i clandestini capiscono che i tedeschi non sanno nulla dell'attacco. Forse stanno cercando un posto dove tirare il fiato.

Il letto è un po' sfondato ma abbastanza grande da offrire

riparo a tutti e tre. Zama è il più lontano dalla porta. Cosetta è in mezzo, girata verso il ferito. Astolfo, invece, tiene d'occhio l'ingresso della camera. Ha tirato verso il basso un copriletto strappato per nascondersi meglio.

Zama ha continui spasmi alle gambe, non riesce a controllarsi, fa rumore. Tira un paio di imprecazioni in spagnolo tra i denti, poi con la mano che trema riesce a prendere un astuccio di pelle dalla tasca dei calzoni militari e lo dà alla ragazza. Dentro ci sono quattro fialette con un ago protetto da un cappuccio di vetro.

"Morfina. Due," bisbiglia Zama.

Le sussurra di piantare forte l'ago. Presto. Cosetta obbedisce.

Lui le stringe il polso e la accompagna, senza forza, alla sua coscia.

Fuori dalla porta, passi di soldati. Stanno esplorando la casa.

"Ancora," mormora Zama. La sua voce è roca, ruvida.

Seconda fiala. Cosetta fa da sola, ha imparato.

Zama si calma, prende la mano della ragazza e se la preme sulla ferita sul petto, e ci tiene la sua sopra. Astolfo sente l'odore caldo e appiccicoso della morte che gli fa battere i denti. Ma Cosetta sembra lucida, continua a premere per fermare l'emorragia.

Poi la ragazza avvicina gli occhi a quelli di Zama, lo fissa serissima e gli sussurra due sole parole.

"Non morire."

Non è voce di ragazzina, quella di sua sorella. Astolfo guarda il ribelle e gli legge negli occhi il suo stesso pensiero: questo è un ordine.

La morfina toglie il dolore, ma non sempre cancella la volontà.

Zama stringe le labbra, la sua voce è un rantolo. "Agli ordini," sussurra.

I soldati entrano nella stanza, fanno qualche passo. Uno dei due trova qualcosa in un cassetto che lo fa ridere. Lo butta sul pavimento. Cosetta vede che si tratta di un reggiseno. Le sembra assurdo, un reggiseno lì per terra, in quella stanza abbandonata da chissà quanto tempo, in quel giorno folle nato con una semplice frase di suo fratello: dobbiamo andare a vedere.

Passa un'ora.

Zama dorme.

Cosetta lo stringe a sé, il suo corpo è gelato e scotta allo stesso tempo. Astolfo legge sulle labbra della sorella una sequenza ininterrotta di preghiere recitate in silenzio.

I tedeschi sono due stanze più in là. Si sentono sedie che vengono spostate, una ricetrasmittente che viene attivata. Devono aver messo in piedi una specie di quartier generale.

Zama si sveglia e chiede una terza iniezione di morfina.

Passa un'altra ora.

La mente di Astolfo scivola lontano. Pensa alle estati, alle passeggiate, ai bagni nel torrente. Pensa a Cosetta: così allegra, così fiduciosa nel futuro.

E ora è abbracciata a uno sconosciuto, con una mano insanguinata blocca una brutta ferita e la morte è lì, in agguato nell'ombra, che aspetta solo che qualcuno di loro faccia un passo falso.

Poi, in un unico movimento che inizia con un messaggio radio e termina con un silenzio assoluto, i soldati tedeschi prendono le loro cose e se ne vanno.

Per sicurezza, Astolfo conta fino a cento, quindi striscia fuori dal letto.

Sbircia alla finestra, via libera.

"Andiamo." E aiuta Cosetta a far sgusciare via il ribelle.

La mano di Cosetta non si stacca da quella ferita pulsante. Continua a premere quel brandello di stoffa che ormai è rigido, scuro, coagulato. Ma la ferita è ancora aperta e un piccolo rivolo di liquido rosso continua ad affiorare dal foro nella carne. Non c'è tempo da perdere.

Raggiungono l'uscita, piano piano, ogni movimento è una pena per l'uomo ferito. Non dicono nulla, escono. Il sole è ormai basso. Vanno verso la staccionata, quelle assi inchiodate male dalle quali duc ragazzini spiavano la guerra.

Il calesse.

Astolfo stringe le redini, devono allontanarsi. Di certo, qualcuno dal campo starà venendo a cercare Zama.

"Quanti anni hai?" chiede l'uomo a Cosetta. La ragazza deve avvicinare l'orecchio alle sue labbra per distinguere le parole.

"Diciassette."

"Al mio paese, Aracataca, in Colombia, una volta al mese le donne hanno il potere di ucciderti con un solo sguardo. Ma solo dopo che hanno compiuto quindici anni."

"Perché mi dici questo?"

"Perché tu mi hai salvato la vita, con un solo sguardo. Grazie, ragazza."

"Mi chiamo Cosetta."

"Eduardo."

Passano pochi minuti e arriva un'automobile guidata da Artom.

Tempo di accostare, aprire portiere, volare fuori ed è tutto un abbracciarsi. Zama è allo stremo, Artom lo capisce subito. Non c'è un momento da perdere.

Mentre caricano a bordo Zama, Cosetta può finalmente piangere. Ma non abbandona il suo ferito. Lancia uno sguardo al fratello che capisce e annuisce. Sull'auto le fanno posto e lei sale.

Astolfo monta sul calesse e li guarda allontanarsi.

Fa schioccare la lingua e i cavalli si muovono.

6.

7 novembre 1943, domenica

Quando Astolfo arriva al campo dei ribelli, i cavalli sono esausti.

C'è il solito trambusto. L'auto che li ha recuperati è parcheggiata sghemba. Una portiera è rimasta aperta.

Ester lo accoglie.

"Ciao," dice.

"Cosetta? Zama?" chiede Astolfo, ansioso. Poi: "Ciao, Ester".

"Sono arrivati un'ora fa. Pietro sta medicando Zama. Tua sorella è con lui."

"Sta bene?"

"Zama? Ha perso molto sangue, ma lui è invincibile."

Poco lontano c'è una baracca. Forse un capanno usato un tempo dai contadini per riporre gli attrezzi. Da oggi è la nuova sala operatoria.

Zama lancia imprecazioni. D'un tratto grida "*Tráeme aguardiente*!" ma Astolfo non sa cosa significhi.

Poi, silenzio.

Cosetta esce dal capanno.

È una donna.

Il suo viso ha un'ombra di stanchezza, i capelli appiccicati alle gote. La gonna è strappata e imbrattata di sangue.

Pietro arriva un attimo dopo. Lui e la ragazza si scambiano qualche parola. Sorridono. Sono esausti ma soddisfatti.

"Tua sorella è grande," dice Ester.

Astolfo vorrebbe dire qualcosa, ma non gli viene niente. Tutti i suoi pensieri gli sembrano vecchi, gli vanno piccoli come i vestiti dell'inverno precedente.

"Abbiamo catturato un prigioniero, oggi," dice Ester e con un cenno del mento indica un capannello di uomini.

C'è un gran vociare. E un paio di parole sembrano galleggiare sul frastuono. Una è "fascista". L'altra, "fuciliamolo".

"In che senso 'fuciliamolo'?"

Ester sospira. Alza gli occhi e li pianta in quelli di Astolfo. Sono azzurri come il colore della maglia della nazionale di calcio. Ma se li sposta anche solo di un millimetro, sembrano viola. Un colore che può fare paura.

"Ci sarà un processo, prima." Fa una pausa. Poi aggiunge: "Ovviamente".

"Quando?"

"Adesso, credo."

"Andiamo a vedere."

L'ha quasi dovuta trascinare, ignorando le scuse che Ester tirava fuori a ogni passo. Ma ora sono tra gli altri.

Il fascista, se non fosse per la camicia nera che spunta sotto alla giubba grigioverde, potrebbe passare per uno dei ribelli. Come loro è giovane, è stanco, è spaventato.

Un ingranaggio di una macchina molto più grande.

È seduto su una seggiola, i polsi legati dietro lo schienale. Per qualche motivo è scalzo. Con le dita dei piedi scava nel terreno umido.

Barbato e Artom sono seduti a un banchetto di fronte a lui. Il comandante ha delle carte tra le mani, ma i suoi occhi non smettono di fissare la giovane camicia nera.

"E va bene, allora, vicecaposquadra Mainardi Alberto," dice Barbato, a conclusione di un discorso che Astolfo si è perso. "Che altro?"

"Niente," mormora il prigioniero, mentre i suoi alluci scavano, scavano, scavano.

"Devi aiutarci ad aiutarti," insiste Barbato con la voce tranquilla. Domina la situazione senza aver bisogno di volume.

"Io non so niente. Non ho fatto niente. Cosa volete da me? Non lo vedete che sono come voi?"

Uno dei ribelli – Astolfo crede si faccia chiamare Ninetto – scatta in avanti e tira un possente manrovescio al fascista. "Questo è troppo!" urla, mentre il prigioniero cade portandosi dietro la seggiola. Ora le sue dita dei piedi non smettono di muoversi nell'aria.

"Ninetto," dice Barbato, calmissimo.

"Ma Barbato! Indossa una camicia nera, questo bastardo. Non può dire di essere come noi!"

Kurt l'americano intanto afferra lo schienale della seggiola e la rimette dritta. Non sembra nemmeno accorgersi del peso del prigioniero.

"Dobbiamo fucilarlo!" esclama Ninetto. Con lo sguardo cerca e trova accoliti.

"Fuciliamolo!" La parola prende a rimbalzare nel cerchio di persone come una palla tra bambini. "Fuciliamolo!"

Barbato apre la bocca, ma Artom è più veloce. Si alza in piedi. "Sono i fascisti che uccidono i prigionieri! Dite che siamo diversi? Dimostriamolo!" Parla a voce alta, per farsi sentire da tutti. Ma prima che finisca i ribelli sono ammutoliti. Nessuno alza gli occhi su di lui.

"Guardatelo, il vicecaposquadra Mainardi Alberto! Guardatelo bene! Che futuro ha? Sappiamo tutti come finirà la guerra. Hitler non ha più speranze. E Mussolini, che è il suo fantoccio, ne ha ancora meno. E il vicecaposquadra Mainardi Alberto della milizia confinaria… quali speranze ha lui, che conta meno del due di picche?"

Silenzio.

"Siamo noi la sua speranza."

Una voce borbotta. "Se lo fuciliamo, non ne ha poi molte, di speranze."

Qualcuno ridacchia.

Poi Artom alza le mani. "Ascoltate," dice. E si porta vicino al prigioniero. Gli gira attorno, ma il suo sguardo non si stacca dai compagni ribelli.

"Vi cito un brano del Talmud: Sanhedrin 74a." Pausa. Chiude gli occhi. La sua voce cambia tono. Ora sembra più grande, più saggio. "Successe con Rava: un uomo venne da Rava e gli disse che il governatore della città gli aveva ordinato di uccidere una data persona o morire egli stesso, e Rava gli rispose: 'Piuttosto che uccidere un'altra persona, tu devi farti uccidere, perché come fai a sapere che il tuo sangue sia più rosso del suo, e forse il suo sangue è più rosso del tuo?'."

Silenzio.

"Capite?"

Silenzio.

"Io dico: lasciamolo andare. Lasciamo che Alberto cominci una nuova vita e smetta di combattere. Diamogli una speranza."

"E se poi ce lo ritroviamo davanti, armato?" chiede una voce. È una donna, questa volta. Astolfo si volta nella sua direzione per capire chi abbia parlato.

"Se torna a essere il vicecaposquadra Mainardi Alberto, lo combatteremo. Ce ne sono tanti di fascisti, uno in più non cambierà la nostra situazione. Se però resterà Alberto Mainardi, se abbandonerà il fucile, allora per noi, oggi, sarà una piccola ma importante vittoria."

"Sì, ma i suoi scarponi me li tengo io," dice qualcuno. Altri ridacchiano.

Barbato si alza. Appoggia le mani sul banchetto, si sporge in avanti. "Se ti lasciamo andare, giuri che non ci tradirai?"

"Io..." balbetta. "Sì. Sì."

"È sulla tua coscienza che stai giurando," sottolinea Artom.

Il prigioniero si volta verso il commissario politico. "Sì," ripete. "Sì."

"Slegatelo," dice Barbato. "Ricorda, ragazzo: noi siamo quelli che ti stanno dando la speranza di uscire vivo da questa guerra. Noi."

Il prigioniero, liberato dai legacci, si alza. Si guarda intorno, spaesato.

Il cerchio di ribelli si apre, offrendogli un varco. Ninetto scuote lentamente la testa mentre si fa da parte.

I primi passi dell'uomo sono lenti, ma prende presto l'abbrivio. Un istante dopo sta correndo verso il paese.

Astolfo è senza parole.

"Dobbiamo tornare a casa," dice Cosetta che è subito dietro di lui. Da quanto tempo è lì? "Fra poco sarà buio."

7.
8 novembre 1943, lunedì

"Domani, quando tutto questo sarà finito, avrà il diritto di parlare solo chi ha agito. Chi ha preso una parte," dice Cosetta.

Teresa, la giovane cameriera, serve polenta e cavoli sui piatti di buona ceramica.

Il padre prende forchetta e coltello, ma resta qualche secondo lì, immobile. Poi la posa, guarda la moglie, guarda i figli. Tutti immobili, tranne Astolfo che mangia con gusto, gli occhi che corrono di qua e di là per non perdersi nulla di quello che sta succedendo.

"Non è facile," dice il conte. "Noi non siamo combattenti, non siamo persone che passano inosservate. Non siamo migliori né peggiori né diversi dai ribelli. Siamo lontani da loro perché tutti sanno chi siamo, e sanno come colpirci. Ciò detto, l'unica cosa giusta – attenzione, non ho detto sensata, ho detto giusta – è aiutare la ribellione come possiamo. Idee?"

"Hanno armi da nascondere," dice Cosetta.

"Potremmo farle mettere nel capanno nel bosco," propone Astolfo. "Lì sarebbero al sicuro e se mai i fascisti le scoprissero potremmo dire che non ne sapevamo niente."

Il conte ride. "L'avete preparato bene, questo piano, eh?"

I due ragazzi sono troppo tesi per replicare.

La contessa finora non ha parlato né mangiato. Beve un piccolo sorso d'acqua.

"Incendio e morte," dice. "Incendio e morte sono il destino di chi aiuta i ribelli. I fascisti danno fuoco alle case e fucilano le persone, senza processo né niente. E comunque adesso mangiate, che freddo il tacchino non è buono."

I figli obbediscono. Cosetta guarda Astolfo, lampi di delusione nei loro occhi.

Ma la madre continua: "In questa casa le grandi decisioni le prendiamo assieme. Non vogliamo che pesino sulle vostre spalle, ragazzi. La responsabilità finale è nostra, sia chiaro. Però per fare una cosa importante dobbiamo essere d'accordo tutti e quattro, altrimenti lasciamo stare".

Poi fa quel sorriso che per loro sarà per sempre legato al pensiero di cose belle, felici, preziose.

"Io penso che sia giusto aiutare quei ragazzi, perché la loro battaglia è una battaglia giusta," dice infine la contessa.

"Anch'io," dice rapido Astolfo.

"E ovviamente lo penso anche io," dice Cosetta.

Il conte non sorride.

"Non è un gioco. Anzi, è la cosa più lontana che esista al mondo da un gioco, questo. Ma non ho dubbi: è la cosa giusta da fare," dice.

Teresina sparecchia. Il conte chiede che gli venga versato un altro bicchiere di Barolo, non ne beve mai più di uno. Poi aspetta che siano di nuovo loro quattro soli.

"Dovremo prestare molta attenzione. Le voci corrono velocissime e non possiamo permetterci nessun rischio inutile. Più tardi spiegherò a tutti quanti la situazione: ci fidiamo ciecamente, ma se le cose precipitassero anche la loro vita sarebbe in pericolo: devono essere liberi di scegliere se restare o tornare in città, anche se forse è più pericoloso che qui."

Più tardi, sotto un sole velato, Cosetta si siede in giardino con una coperta per leggere un autore che la accompagna, romanzo dopo romanzo, da qualche settimana: si chiama Raymond Chandler e scrive intricate storie di omicidi e di detective tristi e affascinanti. Anche questa lettura la fa sentire un po' ribelle: quei libri dalla copertina gialla sono fuorilegge dall'estate. Benito Mussolini in persona ha decretato che "tutti i romanzi gialli in qualunque tempo stampati e ovunque esistenti in vendita" devono essere sequestrati e ne è vietata la lettura.

Astolfo la guarda e pensa che lì, al palazzo, sembra tornata la ragazzina che conosceva, anche se un po' di quel sangue che hanno visto e toccato è rimasto loro addosso e mai nulla potrà lavarlo via. Pensa con ammirazione ai loro genitori, che hanno accettato di combattere una guerra non necessariamente loro. La guerra non è un mostro che seleziona con cura le sue vittime: la guerra è quella cosa sporca e schifosa che lui ha visto da vicino, che abbraccia tutti e tutto, che non ha dubbi né sentimenti, ha solo una fame assurda che si placherà solo quando non ci sarà più niente da sbranare.

Ma queste cose importanti stancano. Parte della testa di Astolfo pensa ancora a dove dovrà nascondersi se mai qualcuno dovesse scoprire che è amico dei ribelli. Poi prende un pallone e si esercita a tirare calci di rigore. Vorrebbe essere tutti loro: Grezar, Loik, Gabetto, Mazzola, Ossola, Ferrini. Un calcio dopo l'altro, mentre il giorno sfuma e i suoni del mondo si fanno più distanti.

Rincorsa, mira, tiro, gol.

Rincorsa, mira, tiro, fuori.

Rincorsa, mira, tiro, parata: Bacigalupo non si è lasciato ingannare.

Rincorsa, mira, tiro, finestra rotta.

Può esserci una guerra, puoi aver visto i ribelli combattere, puoi avere avuto il cuore colmo di gioia perché tuo padre e tua madre hanno i tuoi stessi sogni, ma alla fine se spacchi una vetrata vecchia qualche secolo… ecco, quelli sono guai seri!

8.
10 novembre 1943, mercoledì

Astolfo fa scorrere l'unghia sul vetro nuovo. È stato lucidato. Non c'è nemmeno una ditata.

"Studi la tua nuova vittima?" chiede il padre, con tono burbero.

Il ragazzo sa che sta scherzando. Ma sa anche che, in questi casi, conviene non replicare. Meglio cambiare argomento. "Posso chiederti una cosa, papà?"

Suo padre ripiega con cura il giornale e lo appoggia sul tavolino. "Certamente."

"I comunisti... vogliono fare la rivoluzione anche in Italia? In Russia hanno arrestato tutti i nobili, hanno preso tutte le terre..."

Indica il loro prato, le aiuole con il roseto potato per l'inverno, il bosco.

"Al mondo ci sono uomini che ripetono le idee degli altri, come pappagalli. Quelli sono pericolosi. Persone come Barbato, invece, pensano: restano fedeli ai loro ideali, certo, ma li fanno evolvere, li adattano alla situazione. Io stesso, come forse ricordi, ho partecipato ai primi scioperi."

Astolfo resta in silenzio.

Teresina entra e si avvicina al conte. Gli bisbiglia qualcosa.

"Addirittura?" esclama il conte, con uno strano sorriso. "Facciamolo entrare. Astolfo, si parlava di pappagalli, vero?"

Natale Spirito Novena fa il suo ingresso nel salone, scalpitando dietro al cameriere. Alle sue calcagna, quattro militi con le camicie nere sotto ai giacconi e i mitra spianati. Appena dentro si aprono a ventaglio e puntano le loro canne ora al divano, ora al tavolino da caffè, ora a questo o quel libro della biblioteca.

"Mi sembra un po' eccessivo," borbotta il conte, alzandosi e avvicinandosi a Novena. Indossa il suo più caloroso sorriso di circostanza. "Signor Novena, cordialità!"

L'ometto è in borghese, come quando l'avevano incontrato all'uscita dalla chiesa. Ma ora sembra molto più sicuro di sé. Arrogante. "Sono qui per verificare di persona delle voci che sono giunte alle mie orecchie," dichiara l'uomo. Stringe gli occhi piccoli.

Astolfo impallidisce. Lascia che il suo sguardo sfugga oltre la finestra, verso il bosco, verso il capanno, verso le armi dei partigiani nascoste là il giorno prima. Come fa Novena a saperlo?

"Buongiorno, Novena," risponde il conte, allargando il sorriso. "Prego, si accomodi, mi spieghi con calma." Poi, rivolto al figlio: "Chiama tua sorella".

Cosetta entra e osserva gli ospiti.

Novena è seduto su una poltrona e Teresina gli porge un vassoio, con una tazzina e alcuni biscotti.

I quattro militi in camicia nera hanno abbassato le armi e sono allineati in bella mostra di fronte al fuoco che arde nel camino.

Quando Cosetta li guarda, abbassano lo sguardo.

"Sono arrivati gli spazzacamini?" dice lei, con un sorriso smagliante.

Gli occhi di Novena lanciano un lampo, ma prima che possa dire o fare qualcosa, il conte prende la parola.

"Bene, ora che, da uomini civili quali siamo, ci troviamo seduti di fronte a un surrogato di caffè, mi dica, caro Novena: cosa posso fare per lei?"

Cosetta e Astolfo si siedono sul divano. Al ragazzo sudano le mani.

"Giù in paese," comincia Novena, con un tono troppo alto, come se stesse tenendo un comizio dal balcone di Palazzo Venezia. "Giù in paese," ripete a voce più bassa, "corre voce che voi nascondiate qui delle armi."

Il conte osserva brevemente i figli. Poi posa lo sguardo su Novena con un sorriso.

"Corre voce?" dice. "Non mi sembra un'accusa interessante, se è basata su un misero 'corre voce', immagino che lei sia d'accordo."

Novena fa una piccola smorfia come se uno di quei biscotti gli si fosse incastrato da qualche parte in gola. Ma non molla.

"Diciamo che delle persone di nostra fiducia hanno riportato notizie di visite dei ribelli e che dette visite erano atte a depositare illegalmente materiale bellico."

Astolfo guarda il padre e giurerebbe che sta per scoppiare a ridere perché quel linguaggio da verbale lo fa molto divertire, ma vede anche che il padre si dà un contegno.

"È falso, caro Novena," dice il conte. "Noi non nascondiamo un bel niente. Piuttosto, noi *abbiamo* delle armi. Ha forse piacere di vederle?"

"Aha!" esclama l'uomo facendo sbattere il dorso di una mano nel palmo dell'altra. "Lo sapevo!" Poi, alzando di nuovo la voce: "Militi!".

I mitra dei quattro uomini tornano a puntare verso delle cose. Quali, di preciso, non si capisce.

Il conte, con studiata calma, finisce quella bevanda calda

che non assomiglia per niente al caffè, appoggia la tazzina sul tavolino e si alza facendo leva sui braccioli della poltrona.

"Mi voglia seguire." Un cenno ai militi. "Anche loro, se lo desiderano."

Il conte conduce Novena verso la biblioteca, dove sono esposte alcune vecchie armi di famiglia. I quattro militi seguono come cagnolini fedeli. Astolfo e Cosetta chiudono il gruppo.

"Queste sono le armi dei miei avi," declama il conte con un certo orgoglio. Indica una bella sciabola istoriata e una mazza ferrata. Minacciose e stupende. "Qui abbiamo alcune alabarde e una spada di cui vado particolarmente fiero."

"Mi sta prendendo in giro?" ringhia Novena.

Il conte lo osserva, dall'alto in basso, per alcuni istanti. "No, di certo. Prego, mi segua."

Nella stanza attigua ci sono i fucili.

Da caccia.

Alcune doppiette con le canne decorate d'oro. Alcune carabine da caccia con il calcio in legno pregiato intarsiato.

"Non sono queste le armi che intendo, e lo sa bene!" dice Novena stizzito.

"Cosa lei intenda, caro Novena, non mi è certo dato sapere," dice il conte, sorridendo. Quanti sorrisi tiene in serbo per occasioni come queste? "Tuttavia, le assicuro che queste sono le uniche armi che si trovano sotto questo tetto."

Apre una teca. "Prego, controlli pure. Questo è un Winchester Yellow Boy del 1873. Ha partecipato alle guerre indiane." Estrae la carabina, sfiora con la punta delle dita la parte centrale d'ottone giallo intenso, la passa a Novena.

Il piccolo fascista la prende in mano con ammirazione. Tutta la sua supponenza sembra essersi volatilizzata. "Toro Seduto?" chiede, con gli occhi sognanti che ad Astolfo sembrano quelli di un bambino.

"Proprio così, caro il mio Novena," conferma il conte. "Vedo che le piace. Capisco che lei se ne intende. Se crede, è suo."

"Io..." I suoi occhi brillano. Poi tornano scuri. "Io non posso accettare questo vile tentativo di corruzione."

"Ma quale corruzione?!" scoppia a ridere il conte. "Lo so bene che lei è incorruttibile. Deve sapere che è uso della famiglia Serafini-Meacci non lasciar andare via un ospite gradito senza un omaggio dell'incontro. Accetti questo dono e non parliamone più."

Novena lancia un'occhiata ai suoi militi, quasi volesse verificare che non stiano osando giudicarlo. Soddisfatto, stringe le dita attorno all'arma.

"Molto bene, conte. Per il momento me ne vado. Verificherò la veridicità delle voci che mi sono giunte. E se sarà il caso tornerò."

"Lei è sempre il benvenuto," dice il conte.

"Che uomo fastidioso," esclama Cosetta, non appena la porta si chiude alle spalle del manipolo di fascisti.

"Anche pericoloso," aggiunge il conte. "Non dimenticatelo mai, ragazzi."

9.
2 dicembre 1943, giovedì

Il barroccio è stato caricato con cura. Nonostante la gran quantità di casse e sacchi, è in equilibrio perfetto sull'unico asse. Non pesa sulle spalle del cavallo da tiro.

Il conte annuisce soddisfatto. Gli piacciono i lavori ben fatti.

"State attenti," si raccomanda mentre i figli salgono sul carro.

"Potevamo mandare lo stalliere. O Geppo," mormora la contessa. Si stringe lo scialle in pelliccia sul petto. Fa freddo.

"È triste dirlo," dice il conte. "Ma dopo la visita di Novena, è meglio che certe informazioni le abbia il minor numero di persone possibile. Nessuno deve sapere dove sia il campo."

Con un cenno, Cosetta e Astolfo salutano i genitori. Astolfo è alle redini. Fa schioccare la lingua. Il cavallo risponde, cominciando a tirare.

"Potevo andare anche da solo," protesta Astolfo. "Sono grande ormai. Non ho bisogno della balia."

"Non vengo mica a fare da balia a te, stupidino," esclama Cosetta mollandogli uno scappellotto e scoppiando a ridere. Estrae un libro. Uno dei suoi gialli clandestini. "Voglio darlo a

Barbato. Secondo me gli piacerà. Devono anche svagarsi un po', ogni tanto, i ribelli."

"Lo sai che lui è ateo, vero?"

Astolfo fatica a far quadrare le cose. Tutto in Barbato va contro quello in cui Fino ha sempre creduto. Eppure...

"Certo che lo so. Che c'entra?"

"Be'. C'entra. No? Tu, cioè noi, be' tu di più, insomma, la Chiesa, sei così devota, così..."

"Te lo ripeto. Che c'entra? Non credi che io possa confrontarmi anche con chi non crede alle stesse cose in cui credo io?"

"Ma lui non crede in nulla! È comunista!" protesta Astolfo.

"Infatti. Crede nella giustizia. Nella libertà. Nell'amicizia. Nel rispetto. Come me."

Astolfo sta zitto.

"E se non capisci queste cose..." continua la sorella. "Allora è davvero meglio se ti accompagno, perché non mi sembri mica tanto grande, sai? Anzi, passami un po' le redini..."

Astolfo è offeso. "No! Lo capisco. L'ho capito. Cosa credi? Le redini le tengo io."

Cosetta ora sta ridendo. Lo sta prendendo in giro.

"Dai, fai andare un po' di più questo povero cavallo, che voglio arrivare."

Al campo c'è subbuglio, euforia. Dev'essere successo qualcosa.

Astolfo cerca una chioma bionda. La trova, intenta a chiacchierare e a scambiarsi una sigaretta con Pietro.

"Ester!"

La ragazza si volta. Un sorriso radioso. Passa il mozzicone a Pietro e corre incontro al carro.

"Ciao, Astolfo! Non sai cosa abbiamo fatto oggi!"

Si avvicina anche Kurt, che annuisce e sorride, mentre

soppesa la quantità e il tipo di provviste che il conte ha mandato loro.

Astolfo gli passa le redini e, con un cenno e uno sguardo, i due si scambiano le informazioni che servono. L'americano prende in consegna carro, cavallo e provviste, e li porta al suo "magazzino", che poi non è altro che un capanno diroccato.

I due fratelli si uniscono a Ester.

"Raccontami!" dice Astolfo.

Raggiungono Pietro, che li saluta calorosamente.

"Siamo partiti prima dell'alba. Era notte fonda, ancora." La voce di Ester è un torrente di montagna. "Aeroporto di Murello. Sai, la strada per Barge, Cardé, dopo Moretta. Comunque, pieno così di aerei italiani presi dai tedeschi, che volevano usarli. Aerei da guerra."

"C'erano dei BR 20, molti, quasi trenta. E quattro Macchi 200," aggiunge Pietro, estraendo il suo pacchetto di sigarette e offrendolo. Astolfo e Cosetta rifiutano. Ester ne prende una e l'accende.

A Cosetta quelle sigle non dicono nulla, ma Astolfo riconosce i velivoli: bombardieri bimotori i primi, caccia i secondi.

Ester soffia una boccata di fumo e continua. "Murello è ancora immersa nel sonno. Barbato mette cinque uomini al primo posto di blocco, quattro al secondo, due uomini qualche metro più avanti, nei fossi ai lati della strada, bombe a mano pronte per attaccare eventuali nemici."

Ester si ferma un secondo per portarsi la sigaretta alla bocca. Pietro prosegue con il racconto. "Avevamo tagliato le linee telefoniche dell'aeroporto..."

"...Pochi minuti," riprende Ester, interrompendolo. "Un camion con dieci uomini entra nel campo di aviazione, le guardie sono immobilizzate e disarmate. Cinque di noi, con delle taniche di benzina, corrono da un aereo all'altro."

"Erano tutti allineati, una fila perfetta, non è stato difficile," riesce ad aggiungere Pietro.

Ma Ester è determinata: questa storia vuole raccontarla lei. Appoggia una mano sul braccio di Astolfo. Vuole tutta la sua attenzione. "Versano un po' di benzina nelle fusoliere. E io dietro, con i fiammiferi controvento. Li getto e – *flam!* – palle di fuoco. Bisogna stare attenti, però: una volta uno, credo fosse Calvi, ne ha versata un po' di più e la fiammata mi ha quasi preso in faccia!" Si passa un dito su un sopracciglio, quasi volesse verificare che ci sia ancora.

Pietro guarda lontano, con la scena ancora davanti agli occhi. "Ragazzi, colonne di fumo nero. La vernice scoppiettava, e i serbatoi degli aerei, uno dopo l'altro – *baaam* – roba da assordarti!"

"Gli aeroplani si accartocciavano tutti." Ester alza una mano di fronte al viso e poi stringe lentamente le dita. "Come quando bruci una lettera nel caminetto," spiega. Aspira soddisfatta dalla sigaretta. "Che giornata!"

Astolfo è senza parole. Rimane a bocca aperta, gli occhi sgranati. Si immagina Ester, l'incantevole Ester, che corre veloce tra le esplosioni, incurante del pericolo, e bionda e letale come una tigre della Malesia nei romanzi di Salgari.

"C'era anche un apparecchio con la croce rossa. Abbiamo bruciato anche quello. Forse avremmo dovuto risparmiarlo..." ragiona Pietro.

"Ormai è fatta," lo liquida Ester.

"Comunque," conclude Pietro, "tornando per il paese, abbiamo visto tutta la gente che usciva dalle case per godersi lo spettacolo. Meglio dei falò della festa della Madonna."

A Cosetta degli aerei incendiati sembra importare poco. Altre cose la preoccupano. "E voi? Siete tornati tutti sani e salvi?"

I sorrisi spariscono dalle bocche di Ester e Pietro, portati via da una folata di vento gelido.

"Carlomagno è stato catturato," mormora Pietro.

"E Moro..." inizia Ester, ma la voce le si spegne in gola.

"È caduto," conclude Pietro, gettando lontano la sua sigaretta ormai finita.

Astolfo li conosceva appena, però capisce che per Ester e Pietro erano compagni. Fratelli.

"E Barbato è stato ferito..." aggiunge Ester.

Cosetta impallidisce. Afferra il braccio di Pietro.

"Barbato?"

"Niente di grave. Un colpo di striscio. Sta bene."

Come a voler dimostrare la sua buona salute, Barbato compare. Si appoggia ad Artom, ma cammina con le sue gambe. Ha il viso tirato, ma sorride.

Si ferma al centro del campo e subito i ribelli si radunano attorno a lui. Manca solo Carlomagno. E Moro.

E Zama.

"Dov'è Zama? Come sta?" bisbiglia Cosetta all'orecchio di Pietro, mentre nel gruppo scende il silenzio.

"Meglio," risponde lui, interrompendosi poiché Barbato prende la parola.

"Compagni."

La sua voce sembra normale. Solo le labbra sono un po' tese e mostrano i denti più del solito.

"Il nostro primo pensiero deve andare ai nostri compagni. Moro ha mostrato grande coraggio. Ha guidato il suo gruppo all'assalto del corpo di guardia dell'aeroporto con sprezzo per il pericolo e con grande visione tattica. È caduto, ma se oggi siamo qui, vittoriosi, lo dobbiamo a lui. Nomino Moro sergente. Amici, dedichiamo un minuto di silenzio al sergente Moro. Il suo sacrificio non è stato vano."

Tutti abbassano la testa.

Il minuto passa lentissimo. Astolfo cerca di vedere Moro mentre attacca, gridando, un gruppo di soldati tedeschi. E viene colpito al ventre. È così che immagina che sia morto. Ma è solo la sua idea. Non sa come siano andate davvero le cose.

"Carlomagno," riprende Barbato, allo scoccare del minuto di silenzio, "Carlomagno sta sicuramente passando momenti infernali. È mostruoso non poter far nulla per lui."

Dice che il compagno nelle mani dei tedeschi è probabilmente già sotto interrogatorio. Ma anche che ripone la massima fiducia nella sua lealtà. "Tuttavia ognuno di noi può cedere sotto tortura. Pertanto dobbiamo mettere in conto che la posizione del nostro campo potrebbe essere compromessa. Da questo momento voglio che il servizio di guardia sia raddoppiato. E voglio che, se dovesse rendersi necessario, ognuno di voi sia pronto ad abbandonare il campo in cinque minuti. Fate i preparativi necessari."

Si volta verso Kurt.

"È tutto chiaro?"

L'americano annuisce. Ormai mastica un po' di italiano, anche se non lo parla mai.

Barbato fa una pausa. L'espressione scura si trasforma in un sorriso. Ma, strada facendo, passa attraverso una smorfia di dolore.

Cosetta la nota. E nota anche una mano di Barbato che preme sul fianco in modo innaturale. E un alone scuro – rosso? – che sembra trasudare attraverso la giubba della divisa.

"Bene, compagni! Oggi abbiamo compiuto una grande impresa. Possiamo dedicarci qualche minuto di festeggiamento, prima di rimetterci al lavoro. Kurt, è il momento di aprire quelle due bottiglie di Cognac che abbiamo recuperato a Crissolo."

L'americano annuisce e si dirige a grandi passi verso il magazzino.

Tutti sorridono, alzano le braccia in aria, qualcuno imbraccia il fucile. Spunta anche un grammofono e, da un disco un po' graffiato, il Trio Lescano attacca *Maramao... perché sei morto*.

Si festeggia, si urla, si canta. Ci si abbraccia più forte che si può.

La vita, oggi, è un urlo a pieni polmoni nell'aria gelida.

Un attimo dopo, il comandante crolla a terra. Gli occhi chiusi, la mano che scivola dal fianco e la giubba che si apre mostrando la sua ferita. Non un colpo di striscio.

Cosetta è subito al suo fianco. Una mano sulla fronte, l'altra a tamponare la ferita.

"Ha la febbre alta!" grida. "Pietro, è grave. Dobbiamo portarlo al palazzo."

"Dovrebbe arrivare un dottore a momenti," spiega Pietro.

Ester si avvicina ad Astolfo. Senza togliere gli occhi dal comandante, afferra la mano del ragazzo e la stringe forte.

"Meglio così," dice Cosetta. "Ma curiamolo al palazzo. Ha bisogno di un letto, acqua calda, lenzuola pulite."

Barbato apre bocca, ma non dice nulla.

"Presto!" ordina Cosetta. È di nuovo donna. Ha di nuovo il controllo della situazione.

Kurt arriva con il carro.

Pietro e Franco prendono Barbato da spalle e caviglie e lo adagiano sul piano del barroccio.

"La mia bisaccia..." mormora Barbato.

Cosetta è l'unica a sentirlo. L'unica a capire. Fa un cenno al fratello. "Seguimi."

Cosetta e Astolfo irrompono nella piccola stanza spoglia che è il "comando" della base. Non hanno nemmeno bussato.

Zama è coricato su un giaciglio di fortuna. Mastica un sigaro spento e studia carte e mappe. Alza gli occhi. Sorride alla vista di Cosetta.

"Amica mia," dice.

"Zama! Come stai tu? La tua ferita?"

"Chi ha nuotato nel lago Titicaca, a un soffio dal cielo, non si fa fermare da una briciola di piombo."

"D'accordo, ma come stai?" insiste Cosetta.

Astolfo, intanto, trova la bisaccia di Barbato.

"Tira, pulsa. Guarisce."

"Fa' vedere," ordina la ragazza. Sposta il lenzuolo e la coperta, poi alza la camicia del ribelle, studiando la medicazione.

Pietro li raggiunge, seguito da Artom. Cosetta guarda il giovane amico. "Deve venire anche lui al palazzo."

Pietro annuisce, poi guarda Artom.

"D'accordo. Prendo io il comando. Mi raccomando, Cosetta. Ti affido i miei fratelli."

"Ne avrò cura."

10.

7 dicembre 1943, martedì

La farmacia del paese è piena di cose misteriose: vasi di ceramica con nomi in latino, scaffali di legno con recipienti di vetro colmi di erbe medicamentose, unguenti, oggetti che Cosetta e Astolfo non hanno mai visto in vita loro.

Il farmacista aspetta che esca l'ultimo cliente e poi guarda i ragazzi. Non dice nulla. Scompare nel retrobottega.

Restano lì, soli. In mezzo a quello che pare l'antro di una strega. Respirano odori che sanno di ospedale, di frutta lasciata al sole, o dell'aria attorno a un albero appena colpito da un fulmine.

"Quanto ci mette?" dice Astolfo.

Cosetta non risponde.

Silenzio. Solo il ticchettio di un orologio a pendolo che deve essere nascosto lì dentro da qualche parte.

Dalla strada non arriva quasi nessun suono.

Il farmacista torna, e con fare spiccio chiede ad Astolfo di porgergli il suo tascapane. Il ragazzo obbedisce, il farmacista vi infila dentro alcune scatole avvolte in carta da pacchi e poi glielo restituisce.

"Adesso andate," dice.

"Ma il conto...?" chiede Cosetta.

"Andate. Il negozio da adesso è chiuso."

Li precede, apre loro la porta, li guarda uscire e poi chiude a chiave. Tira giù anche la serranda.

I due ragazzi camminano per la viuzza che dalla farmacia porta alla piazza di Barge. Il tascapane è pesante, ma il suo non è un peso reale: è pesante di responsabilità, di pericolo.

La responsabilità di far arrivare i medicinali ai partigiani.

Il pericolo di essere scoperti, e finire nei guai.

"Aveva molta paura," dice Cosetta.

"Però ci ha aiutati, hanno detto che ci si può fidare."

"Sì, come dice mamma, la paura non esclude il coraggio, anzi gli dà forza."

Ma ogni loro respiro si congela nell'istante in cui mettono piede in piazza.

La prima cosa che vedono sono i paesani che camminano a sguardo basso, nessuno parla, solo smorfie di rabbia trattenuta.

Poi vedono il lampione.

E i tedeschi che vi stanno legando una corda. E alla fine della corda c'è un cappio. Lavorano con calma e metodo, come se ci fosse da riparare un cavo elettrico. Fumano, ridono.

Altri soldati trascinano sotto al lampione un prigioniero. Sporco, gonfio di botte e spaventato com'è, non è facile da riconoscere. Ma dopo qualche istante di stordimento Astolfo capisce.

"Carlomagno," sussurra.

"Cosa?" chiede Cosetta.

"Il ragazzo che hanno preso prigioniero all'aeroporto," dice Astolfo con un filo di voce.

A Cosetta sembra che da un istante all'altro le possa scoppiare il cuore in petto, e sente le lacrime che le scorrono sulle guance senza avere la forza di asciugarle.

Un tedesco prende il cappio, ne saggia la fermezza, annuisce soddisfatto e si avvicina al ragazzo prigioniero.

In piazza, una dozzina di persone guarda con occhi gelati il macabro spettacolo.

Un altro soldato tedesco si mette a leggere ad alta voce, in un italiano stentato, una sentenza che parla di "giusta rappresaglia", di "nessun tipo di clemenza" per chi si macchia di vili atti nei confronti del popolo amico...

Cosetta si fa il segno della croce con le mani che le tremano. Mormora una preghiera.

"Andiamo via," dice, infine.

Non aspetta il fratello. Si incammina senza guardare dove: ovunque è meglio che quella piazza che sta aspettando l'arrivo della morte.

Camminando, i due ragazzi si accorgono di tenere gli occhi bassi proprio come le persone che avevano incontrato poco prima.

A metà strada, verso il loro palazzo, vedono in lontananza una enorme cascina in fiamme. I contadini immobili costretti a guardare, il fumo nero che si alza verso il cielo, i versi straziati di qualche animale intrappolato nella stalla.

Astolfo riprende il passo, ma Cosetta lo ferma con un semplice "no".

"Abbiamo guardato per terra, prima... e finora," dice la ragazza. "Adesso no, adesso voglio vedere tutto, guardare fino a che non mi faranno male gli occhi."

"Perché?"

"Solo così potrò raccontare. Ed è la cosa più importante. Perché la gente domani non crederà che queste cose sono successe proprio a casa nostra."

I contadini vengono fucilati.

Quando la cascina collassa con un frastuono orrendo, i due ragazzi riprendono il cammino. I loro passi sono pesanti.

Sanno che raccontare quello che hanno visto non li renderà più leggeri, forse intuiscono che le loro parole possono restituire un senso a degli eventi che il senso l'hanno perso violentemente.

"Io voglio essere uno di loro. Io voglio essere un partigiano," dice Astolfo, e lo annuncia guardando negli occhi la sorella, a voce alta, che lo sentano anche le colline, le vigne, le nuvole. Che lo senta il mondo.

11.
16 dicembre 1943, giovedì

Rock 'n' roll.

Il disco gira sul piatto e le Boswell Sisters cantano che è bellissimo ballare sul ritmo del mare agitato.

Rock 'n' roll. While we dance
there's romance in the rollin' rockin' rhythm of the sea!

"Che cosa vuol dire '*rock 'n' roll*'?" chiede Barbato, quando la puntina del grammofono ha finito la sua corsa e si sente solo il gracchiare degli ultimi solchi del disco. È seduto su una sedia di vimini che è stata messa sul patio, ha una coperta sulle gambe e Cosetta ha portato lì un po' di libri, qualche giornale e la musica. C'è un sole bellissimo e l'aria trasporta la giusta quantità di freddo che serve per sentirsi vivi, per credere davvero che nonostante quella schifosa guerra nessuno di loro morirà mai.

Cosetta alza la testina e ferma il movimento del disco.

"È facile. *To rock* è il movimento che si fa quando si muove la culla, o si sta su una sedia a dondolo come la tua. *To roll* invece è quando muovi le mani per fare la pasta o che so, quando rotoli giù da una collina."

“Già mi viene il mal di mare,” dice sorridendo Barbato.

“E questo è niente. Tu sei il tipo che scommette?”

“Io no. Nemmeno tu, credo.”

“No, nemmeno io. Le scommesse portano sfortuna, e io non credo neanche nella sfortuna. Ma scommetto che entro pochi anni la vera rivoluzione la farà la musica e i ragazzi come noi useranno la musica per cambiare il mondo.”

“Sarebbe bello,” dice Barbato, mentre una piccola smorfia di dolore gli fa sembrare il cielo nero per qualche istante.

“Fa male?” chiede lei.

“Non più,” dice lui, togliendosi la coperta di dosso e alzandosi dalla sedia.

“Bene. Non ci credo, ma bene,” dice Cosetta sistemando il disco nella custodia. “E adesso che cosa avresti intenzione di fare?”

“Camminare.”

“Buona idea. Male che vada, la ferita si riapre e muori dissanguato. Dove andiamo?”

“Andiamo?”

“Deve pur esserci qualcuno a raccogliere per i posteri le ultime parole del *comandante* Barbato, no?”

“Vengo anch’io. Mi aspettano,” dice Astolfo che, seduto in un angolo, si sta arrotolando le maniche della camicia e infilando il fondo delle gambe dei pantaloni nei calzettoni di lana.

“Ma dove vai, conciato così, Fino?” gli chiede la sorella.

“Una cosa serissima: calcio,” risponde lui, ancora trafficando.

“E noi?” chiede Cosetta, mentre il terzetto cammina verso il campetto ben curato. C’è aria di neve, questa potrebbe essere l’ultima occasione per usarlo prima che venga imbiancato.

“Noi continuiamo a parlare di filosofia,” dice Barbato.

“Di filosofia comunista,” sottolinea la ragazza. “Ma io per voi preferisco il temine ‘idealisti’. Voi tentate una cosa impossibile e meravigliosa: ritrovare l'anima in un tempo in cui l'umanità è così vuota e sofferente."

"Parli come la mamma, sorella mia. Purtroppo io devo andare, senza di me perdono sicuro!" e con uno scatto raggiunge i partigiani che stanno palleggiando al centro del campo, pronti per una partita. Dopo quasi dieci giorni senza il comandante, un gruppo di ribelli è venuto a trovarlo. E da lì a organizzare una partita di calcio il passo è stato brevissimo.

Barbato e Cosetta osservano la partita per diversi minuti. La ragazza nota che gli occhi del comandante sono lucidi.

"Li chiamo 'i miei uomini' e sono solo dei bambini," mormora l'uomo quando si accorge del sorriso dolce di Cosetta. "Quanti di loro vedranno la vittoria finale?"

Astolfo scarta sulla destra del campo, saetta verso il centro, scocca un tiro angolato e potente. Ma Cesare, in porta, si tuffa e agguanta il pallone. Astolfo si concede un gesto di stizza prima di scoppiare a ridere. "Me ne lasciassi entrare una, Cesare!" esclama.

"Non oggi, amico mio," ribatte l'altro, accarezzando il pallone prima di rimetterlo in gioco.

Dopo la partita, mentre si sta allestendo la più ricca tavolata che i tempi permettano: cavoli, polenta e la carne in scatola portata dai partigiani, Astolfo nota Zama, che sta riparando degli scarponi insieme al padre nella rimessa delle carrozze. Discutono su quale tipo di suola sia ideale per la montagna, e quale sia la manutenzione migliore per la pelle delle calzature.

Astolfo, incuriosito, si avvicina.

"Lei mi sembra poco calzolaio, caro conte. Quelli come voi le scarpe se le comprano e se le fanno pulire da altri, quando sono infangate," dice Zama.

L'altro se la ride. "E lei mi sembra poco pratico, caro guerrigliero. Questi scarponi vedo che li ha comprati a Londra, e finora ha messo sulla pelle l'olio sbagliato. Se continua così, il gelo le entrerà fino nelle ossa, a gennaio."

"Che ne sa se li ho comprati a Londra, mica c'è scritto?!"

"Conosco questo tipo di suola... Che ci faceva a Londra?"

"Turismo. Che cosa vuole che faccia uno, a Londra?"

"Come no. Facciamo un gioco, le va? Mi fermi quando dico qualcosa di sbagliato. Allora, queste scarpe sono ancora abbastanza nuove e dunque penso che lei sia il loro primo proprietario. Questo modello viene dato in dotazione solo agli ufficiali, perché sono scarpe comode e costose, le conosciamo bene noi appassionati di alpinismo. Però lei non ne sa fare la manutenzione, per cui deve aver lasciato Londra poco dopo averle ricevute. Vedo che la sua bisaccia è ricavata dalla tela di un paracadute verde, per cui mi immagino che lei sia stato paracadutato qui da un aereo inglese. Dove, Alessandria? Asti?"

Zama guarda il conte come se stesse vedendo un illusionista, poi scoppia a ridere.

"Lei ha letto troppe storie di Sherlock Holmes, caro amico."

Il conte annuisce, e poi guarda Zama con un sorriso.

"Allora? Ci sono andato vicino, vero?"

Anche Astolfo osserva il padre: non conosceva questo aspetto di lui.

"Alessandria," ammette infine il ribelle.

"Un colombiano, ufficiale dei Servizi segreti inglesi, dunque. Di sostegno alla causa dei partigiani. Che altro? Forse quel tatuaggio che sporge dalla camicia ci racconta anche che lei ha passato un po' di tempo nella Legione straniera, direi."

Zama lavora un po' la pelle delle scarpe in silenzio.

"Al mio paese solo le prostitute amiche di Zama sapevano leggere nel pensiero, caro conte."

"Al suo paese le sue amiche prostitute saranno nobili come noi, allora. Ma adesso basta, andiamo a mangiare, che poi dovete tornare al campo prima di buio."

"Giusto. E comunque, su una cosa siamo d'accordo. Che la cosa più importante in guerra e in montagna è avere delle scarpe buone."

"Se siamo d'accordo su questo, siamo d'accordo su tutto."

Astolfo va in camera sua e si cambia la camicia che, dopo le sue volate come ala destra, è madida di sudore. Passando davanti alla camera di Cosetta vede Ester, seduta sul letto. È avvolta in un asciugamano bianco, e la contessa le sta spazzolando i capelli, ora puliti e luminosi come il sole d'agosto. Sente Ester parlare di che goduria sia un bagno caldo dopo tanti giorni di montagna. Poi sua madre le porge biancheria e vestiti di Cosetta: più o meno hanno la stessa taglia. Ester si sfila l'asciugamano.

Il tempo si ferma. Le stelle, se fossero visibili da lì, diventerebbero tutte cadenti ed esaudirebbero i desideri di tutto il mondo.

Ester si volta, vede Astolfo. Non arrossisce.

Astolfo distoglie lo sguardo.

Scende al pianterreno.

Non ha mai provato così tante emozioni come in questi giorni, pensa.

La morte è arrivata in piazza, qualche giorno fa, questo è un fatto.

Ma la vita è arrivata al palazzo, e questo è un fatto ancora più importante.

Prima di sedersi a pranzo, tutti i partigiani si schierano in posa per una foto ricordo. In prima fila accosciati, i più alti dietro. Una squadra di calcio, allegri e orgogliosi della loro gioventù. Ma, a differenza di una vera squadra di calcio, hanno in mano fucili, pistole e bombe a mano, che mostrano all'obiettivo come trofei. Sdraiata e vestita con gli abiti di Cosetta, in prima fila, c'è anche Ester, ha le trecce e una cartucciera a tracolla.

Barbato è pronto a scattare quando all'ultimo istante Astolfo sfreccia davanti agli altri e si piazza in prima fila, sorridente.

Nel primo scatto è mosso.

Nel secondo, sorride.

Nel terzo, sgrana gli occhi perché Ester gli ha preso la mano e la stringe forte.

Sono in venti, nella foto.

Su al campo, assieme a Emanuele Artom, ce ne sono poco più del doppio. Erano duecento, a fine settembre.

Astolfo, quando tutti vanno a sedersi a tavola, sente Barbato e Zama parlare di un attacco, non appena le ferite permetteranno loro di combattere. "Dobbiamo far capire che non siamo domi," sta dicendo il comandante. "I fascisti non devono mai pensare che possono vincere. Anche se non siamo un vero esercito, noi la guerriglia la sappiamo fare meglio di tutti. O la va o la spacca, noi non abbiamo paura."

Zama gli dà una pacca sulla spalla che lo fa quasi volare a terra.

"Fanculo la paura," dice Zama.

SECONDA PARTE

1944

Ho cavalcato un carro armato
Ho avuto il grado di generale
Mentre la guerra lampo infuriava
E i cadaveri puzzavano.

THE ROLLING STONES, *Sympathy for the Devil*

12.

6 aprile 1944, giovedì

Zama posa l'artiglieria sul tavolo da pranzo della villa.

Astolfo gli fa strada verso quella che in famiglia chiamano semplicemente "la stanza dei libri": una biblioteca dalle pareti rivestite di scaffali di legno carichi di libri dal pavimento al soffitto. Al centro della stanza, su un tappeto pregiato, due vecchie poltrone e un tavolino. Lì, il conte quasi ogni sera si accende un sigaro, si versa un bicchiere – mai più d'uno – di gin e si perde in mezzo alla sua vasta collezione di mondi straordinari.

"Ma se l'è letta tutta, 'sta roba, tuo padre?" chiede Zama.

"Non saprei. Forse non proprio," dice Astolfo. Poi aggiunge: "A dire il vero, mio padre pensa che la lettura non sia uno svago. Dice che siamo tutti dei condannati a morte e che da qualche parte nei libri, nascosta un pezzo in uno e un pezzo in un altro, c'è la sentenza che ci concede la grazia. Ma che quasi nessuno riesce a trovarla, in quel breve viaggio che è la nostra vita".

"Non ho la minima idea di che voglia dire, ragazzo," taglia corto Zama. "Ma grazie che mi lasciate guardare."

"Che cosa cerchi?"

"Mappe. Vecchi giornali. Un paio di libri. Devo verificare una cosa."

"Una caccia al tesoro?" dice sorridendo Astolfo.

"Adesso grazie, ma fuori dai piedi, giovanotto. Zama deve cercare e preferisce cercare tranquillo."

Astolfo lo lascia in pace ed esce. Lo diverte il modo di parlare del guerrigliero, sempre un po' imprevedibile, pieno di esagerazioni come quella volta che ha raccontato di essere sfuggito a un plotone di esecuzione: "Hanno detto a dodici imbecilli di sparare a Zama bendato. Pessima idea. Dodici imbecilli in meno al mondo".

E lo diverte anche tanto che suo padre abbia dato libero accesso alla biblioteca a uno che, tutto sommato, è uno sconosciuto: deve davvero piacergli molto, per fargli un regalo del genere.

Zama sbuca dalla biblioteca un'ora dopo, con sottobraccio un paio di volumi e una custodia di pelle in cui ha arrotolato una mappa.

Il conte gli va incontro, e non gli chiede se ha trovato quello che cercava. Gli dice che si è preso la libertà di far spostare le armi e di far apparecchiare il pranzo per una persona in più.

A tavola, Zama racconta del suo paese, e quasi tutto quello che dice è incredibile o esilarante. Dice che un inverno particolarmente rigido piovvero sulle case e sulla gente farfalle congelate: nella foresta una corrente d'aria le aveva prese e trasportate in quota, dove il freddo le aveva cristallizzate per poi farle cadere giù, arcobaleno inimmaginabile, fino a che non avevano ricoperto le strade. La gente, per paura di pestarle e di avere malasorte, non era uscita di casa per settimane. Lui, Zama, non credendo a baggianate del genere, era uscito per andare a una locanda del porto ma vi aveva trovato solo persone congelate, immobili al bancone o ai tavoli. C'era anche una ragazza che serviva ai tavoli, ancora sorridente. Le aveva toccato la pelle e gli erano subito venute le dita blu.

"Ti è venuta paura, Zama?" chiede Cosetta.

"Mai," dice il guerrigliero. "E se Zama ha paura, di certo non lo va a raccontare in giro," aggiunge con una strizzata d'occhio.

Dopo pranzo, Cosetta e Astolfo lo accompagnano per un pezzo di strada, con il calesse. Ma non appena arrivano in zone che possono essere presidiate dai fascisti Zama scende, recupera le armi e prende la via dei boschi.

Loro aspettano che svanisca, ognuno perso nei propri pensieri.

"A volte le cose che dice mi sconcertano un po'. In una storia tu come lo descriveresti?" chiede Astolfo.

"Lo metterei tra i buoni," risponde Cosetta senza pensarci su. Ma poi dice: "Forse un pochino anche nei cattivi. Ho la sensazione che a lui uccidere il nemico piaccia per davvero. Ma senza dubbio combatterebbe per la causa giusta. Papà dice che gli eroi classici non sono più adatti a questo mondo capovolto, e che ci vogliono quelli come Zama per rimetterlo a posto". Poi aggiunge con aria malinconica: "Dice anche che il loro tempo è solo il tempo di guerra e che il mondo, quando è in pace, quelle persone le sa distruggere con una crudeltà sofisticatissima".

"E allora Barbato che tipo di eroe è?" domanda Astolfo, mentre gira il calesse e avvia i cavalli sulla strada di casa.

"Barbato? Non credo che sia un eroe. Credo che il suo posto nel mondo sia più difficile e più nobile ancora: lui e quelli come lui permettono agli eroi di essere tali."

Al ritorno fanno una strada diversa. La allungano un po', ma almeno se mai qualcuno li fermasse e gli chiedesse da dove arrivano non direbbero nulla che nemmeno lontanamente possa metterli sulle tracce di Zama.

Procedono in silenzio, mentre la luce del giorno si fa sempre più vaga e i contorni delle cose incerti. La nebbia arriva a tratti, facendo scendere sugli occhi un velo di sonno.

Non lontano dalla loro tenuta, a un bivio vedono una motocicletta abbandonata. Si fermano, scendono dal calesse. È una bellissima BMW verde, ma buttata lì per terra nella nebbia sembra una specie di mostro portato in spiaggia dal mare. I due ragazzi si guardano attorno e infine vedono.

In un fosso c'è un soldato.

Rannicchiato a terra.

Trema vistosamente.

Le sue mostrine con due fulmini affiancati raccontano che appartiene alle SS. I più nazisti dei nazisti. I più crudeli, fanatici, spietati avversari di questa guerra.

Le sue ferite raccontano una sparatoria: lo hanno colpito alle gambe e al collo. La divisa è completamente imbrattata di sangue.

Il suo sguardo è rivolto lontano, mormora qualcosa, sembra una cantilena per bambini.

"Non ti avvicinare, è delle SS," dice Astolfo.

Ma Cosetta vuole guardare, non ha paura.

Il soldato ha le guance lisce e i capelli biondi di uno che non è più bambino da pochissimo.

In mano stringe una pistola.

Cosetta gli si avvicina, con estrema dolcezza gli toglie l'arma di mano e la porge al fratello. Poi gli prende la mano, stringendola tra le sue.

"Le SS vanno eliminate," dice Astolfo, ma non punta la pistola, che gli sembra pesantissima e difficile da usare.

“No,” dice Cosetta. Non è un ordine, non è un consiglio. È solo un no. Detto da una ragazza nella nebbia che tiene per mano un ragazzo che trema.

Cosetta chiede al soldato se capisce l’inglese, lui la guarda a lungo e poi mormora di sì, un po’. Lei dice che ne è contenta, e che ora deve ascoltarla attentamente. Lui annuisce, senza mai staccarle gli occhi di dosso.

Astolfo ascolta con la pistola in mano e il cuore in gola.

Attorno a loro, nessun rumore.

Il mondo tace, e la nebbia fa trattenere il respiro a tutte le creature.

Cosetta parla piano, lentamente, in inglese.

Gli dice che non deve avere paura. Che non c’è più da combattere, che si torna a casa. La sua famiglia già lo sa, lo aspettano. Stanno tutti bene, non vedono l’ora di abbracciarlo. A casa c’è un sole bellissimo e i campi, al mattino, sono ricoperti di rugiada: tutto sembra fatto di vetro. La divisa non la indosserà mai più, e ora l’unica cosa importante da fare è riposarsi, non chiudere gli occhi neanche se la luce è abbagliante e camminare fino a che non potrà stringere sua mamma tra le braccia.

Lui la ascolta, con attenzione. Non dice nulla se non un sì e poi un grazie.

Non chiude gli occhi.

Poi anche il suo respiro si fa nebbia e Cosetta, piano piano, sfila la sua mano da quella del soldato.

Non piange, Cosetta. Non c’è nessuna emozione su quel volto così intenso. Ma il tempo sembra essere corso veloce, per lei.

Mentre con la punta delle dita abbassa le palpebre del giovane, muove le labbra come se stesse parlando a qualcuno. Astolfo raccoglie alcuni cocci di quelle parole rese fragili dal contatto con la morte. Guarda il cielo, Cosetta. Sente “sia fatta la tua volontà" e poco altro. Ma non è una preghiera, quella, ci giurerebbe. È il frammento di una conversazione con qualcuno.

Risalgono sul calesse.

La pistola del soldato finisce nella cintura di Astolfo, in serbo per l'arsenale dei ribelli.

Cosetta torna a parlare solo una volta che hanno attraversato un tratto del parco del loro palazzo.

"Oggi è arrivata a casa nostra," dice.

"Che cosa?"

"La guerra."

13.

3 maggio 1944, mercoledì

Astolfo passa sempre più tempo con i ribelli.

Non viene addestrato all'uso delle armi. Non partecipa alle riunioni strategiche o tattiche.

Non è un combattente né forse lo sarà mai.

Ma l'aria che si respira lassù è un'aria che non c'è da nessun'altra parte. Al palazzo l'atmosfera è pesante, cupa. Il domani è spaventoso e opprimente. Al campo il domani è un'opportunità. Il presente sarà anche terribile, ma il futuro è una promessa.

Astolfo va al campo a respirare.

Sta dando una mano a Kurt a gestire le provviste. Stila elenchi di scorte alimentari, di armi, di munizioni. Sono informazioni molto preziose: un fascista pagherebbe oro per sapere per quanti giorni il gruppo di partigiani può sopravvivere, o per quante ore può sostenere uno scontro a fuoco.

Ma nessuno mette in dubbio la lealtà di Astolfo. Non combatte, ma è uno di loro.

I suoi amici sono i giovani.

Si trova bene con Lampo, taciturno ma saggio. Lampo si prende sempre qualche secondo prima di rispondere, per riflettere e dare la risposta migliore. Per quello si è guadagnato il suo soprannome.

Pietro ormai è un dottore, anche se non ha mai studiato la teoria. Ma si dice che la pratica sia anche meglio.

Franco si getterebbe tra le fiamme pur di essere d'aiuto, senza esitare un solo secondo. Ha un senso della lealtà pazzesco. Al momento è un animale in gabbia. Un assurdo incidente con un carro di provviste trainato da un mulo, gli ha sbriciolato le ossa di un piede. Se ne sta in un angolo della tenda di Pietro a chiedergli se è guarito, o a proporre a Barbato di partecipare alla prossima azione. Vuole potersi chiamare combattente. Ma deve pazientare.

E poi c'è Ester. Basta pensare a lei per un secondo per far precipitare la mente di Astolfo nella confusione. Desidera scappare via e allo stesso tempo starle accanto. Stupirla regalandole un fiore, oppure uccidendo un tedesco a mani nude. Parlarle. Sfiorarla, non solo con lo sguardo.

Barbato lo prende spesso da parte. Gli chiede come sta Cosetta, gli affida delle lettere per lei, o gli raccomanda di salutarla da parte sua. Barbato ha trovato in Cosetta la mente giusta con cui confrontarsi.

Non che manchino i cervelli, al campo. Zama ha un'intelligenza tagliente e Artom è colto e acuto ed è capace di analizzare le situazioni con una lucidità che ha dell'incredibile. Ma se Zama e Artom la pensano in maniera affine a Barbato e non hanno mai difficoltà ad accettarne le opinioni, Cosetta è come un avversario. Quando il comandante riesce a convincerla, allora significa che le sue argomentazioni sono davvero solide. È una specie di partita a scacchi, la loro. Che giocano con entusiasmo e fatica, e a ogni mossa imparano a conoscere un pezzettino in più dei rispettivi mondi, così distanti, così diversi.

Ma come Cosetta ama dialogare con Barbato, Astolfo è affascinato dal commissario politico.

Quando Emanuele Artom parla, Astolfo vorrebbe avere la penna così veloce da segnarsi tutte le sue parole, anche quelle che non capisce. Perché ha la chiara sensazione che menti come la sua siano indispensabili per rimanere umani in tempi di guerra e che saranno necessarie più che mai per il dopo, per quel futuro incerto in cui le armi finalmente taceranno. Non è facile vedere il futuro, per Astolfo dal suo presente assordante. Ma è proprio in Emanuele che riesce a vederlo, nitido e luminoso, il futuro.

Emanuele una volta lo ha visto, che prendeva appunti. Ma ha continuato a parlare veloce, come se nulla fosse. Però poi, alla fine della conversazione, gli si è avvicinato con un sorriso che Astolfo non è riuscito a capire se fosse allegro o triste.

"Non ti preoccupare, sto tenendo un diario. Lo so che non sono buono a sparare. E neanche a odiare. Penso troppo, me l'hanno già detto. Però posso scrivere quello che penso, e se mai mi succedesse qualcosa di brutto, almeno quelle pagine di diario resteranno, per quelli come te, che cercano di non smettere di capire."

Astolfo lo guarda, sa che Emanuele ha solo una dozzina di anni più di lui ma gli sembrano molti di più. Vede nei suoi occhi la saggezza e il dubbio, due cose che per lui sono ancora un mistero.

Una sera, al campo, lo ha visto sedersi a un tavolo e iniziare a parlare a bassa voce. Sembrava che si rivolgesse solo a Barbato, una conversazione intima, ma presto altri lì attorno hanno smesso di chiacchierare e si sono avvicinati, e si è formato un bel gruppetto. Emanuele non ha né alzato la voce né cambiato il tono: era come se stesse parlando a ognuno di loro, e solo a lui.

"È una specie di magia," ha commentato una volta Zama. "Finita questa guerra, Zama dovrà trovarsene un'altra. Artom, invece, userà le sue parole per costruire la pace, anche se quando parte con queste cose intelligentissime mi viene una voglia di picchiarlo, che non so come faccio a trattenermi..." Ma Astolfo vedeva negli occhi di Zama una stima che non aveva mai visto per nessun altro, a parte per Barbato naturalmente.

Le parole di quella sera Astolfo sa che non le dimenticherà. Perché gli spalancano gli occhi su un mondo che non avrebbe mai immaginato così complesso.

"Dobbiamo saper vedere con chiarezza questi tempi così strani," dice Emanuele, "e raccontarli, perché tra qualche decennio non si diventi prigionieri di una retorica che ci rappresenti come formazioni di purissimi eroi. No, noi siamo quello che siamo. Un complesso di individui, in parte disinteressati e in buona fede, in parte arrivisti, in parte sbandati che temono la deportazione in Germania, in parte spinti dal desiderio di avventura, in parte da quello di rapina. In quasi tutte le mie azioni sento un elemento più o meno forte di interesse personale, egoismo, viltà, calcolo, ambizione. Perché non dovrei cercarlo anche in quelle degli altri? E perché ritrovandolo dovrei condannarlo severamente?"

"Anche i fascisti? Voglio dire, bisogna cercare di capire anche i fascisti?" chiede uno del gruppo, che Astolfo non riesce a individuare.

Emanuele ride e tira fuori una sigaretta, una mano si fa avanti e gliela accende. Lui ringrazia con un cenno.

"I nazisti fanno orrore, i comunisti spavento. I fascisti fanno schifo," dice, e poi che è tardi, bisogna andare a dormire.

14.
30 giugno 1944, venerdì

Questa volta entrano senza nemmeno chiedere permesso.

Una delle camicie nere, un uomo con lo sguardo pericoloso di un lupo affamato, spinge Geppo con il calcio del moschetto, facendolo inciampare e cadere a terra.

Il conte si alza in piedi di scatto, e Astolfo e Cosetta fanno lo stesso.

Emanuele Artom, che era lì a palazzo per discutere di logistica e rifornimenti, e sicurezza e politica, e filosofia e storia, resta seduto. La poltrona sembra volerlo abbracciare, proteggere. Rimane zitto, immobile, invisibile.

La camicia nera è seguita da altri tre camerati.

E poi da Natale Spirito Novena.

In questi mesi, l'uomo non si è più fatto vedere a palazzo, ma la sua fama è cresciuta. Gli ordini di impiccagione, seppur di fatto emessi dal comando tedesco, sono formalmente controfirmati dall'ometto crudele, che ora se ne sta in piedi a gambe larghe sul tappeto persiano del salone.

Decine di famiglie ormai lo additano come l'assassino dei loro figli, mariti, cugini.

Porta un fucile alla spalla. Il Winchester Yellow Boy del

1873. Tiene il pollice infilato sotto la cinghia della tracolla dell'arma, con tracotanza.

Altri uomini irrompono nel salone, in un dispiegamento di forze esagerato. Altre quattro camicie nere.

E, trascinato dietro di loro, un prigioniero.

Lampo.

Era stato dato per disperso, dopo un'azione di qualche giorno prima. Tutti i ribelli speravano fosse riuscito a fuggire e che si stesse nascondendo.

O che perlomeno fosse morto.

Venire catturati era l'opzione peggiore. Per tutti.

Una grossa catena è stata legata tra le sue caviglie, rendendogli difficile camminare. Il suo viso è tumefatto: quanti colpi ha ricevuto per essere ridotto così? I capelli, che in alcuni punti del cranio sono stati strappati via, sono appiccicati alla fronte, raggrumati in coaguli di sangue rappreso. Un occhio è sigillato, nascosto da carne pesta violacea. L'altro si apre a malapena e lascia trapelare tutta la paura che sfugge dalla sua pupilla. Lampo è gobbo, con un braccio si sorregge l'altro, e la smorfia delle sue labbra screpolate non lascia dubbi. Il dolore che sta provando dev'essere enorme.

Astolfo trasalisce. Gli torna in mente un'immagine di sei mesi prima: Lampo in piedi tra i pali della porta, le ginocchia piegate, le braccia allargate e quello sguardo fiero che sembrava dirgli "Tira, tira dai! Che tanto te la paro!".

Cosetta gli prende la mano. Ma non è quella di una ragazza spaventata che cerca aiuto. No. È una mano offerta per dare conforto, per donare sicurezza.

Astolfo la stringe. E, in silenzio, ringrazia la forza calma della sorella.

Gli sguardi girano. Nessuno parla.

Poi. "Signor Novena," dice il conte, austero. "Questo genere di irruzione è del tutto fuori luogo."

"Me ne frego," ribatte lui, facendo sue le parole tanto amate dal suo duce.

Il conte non può evitare di sorridere. "Lei lo sa, vero, che è stato Gabriele D'Annunzio a dar fama a quelle parole, durante la Grande guerra? È stato anni prima che nascesse il partito fascista di Benito Mussolini."

"Me ne frego," replica Novena.

"Certo."

Un nuovo silenzio. Artom non respira nemmeno.

"Qui!" ordina Novena.

E un calcio spinge Lampo in avanti di qualche passo. Ora è di fianco al fascista.

"Riconosci qualcuno?" sibila l'uomo mentre il suo pollice sinistro scorre su e giù sotto la cinghia del Winchester appeso alla sua spalla. Lento. Ha tutto il tempo che vuole.

Lampo tace. Guarda a terra. Un punto a mezzo metro dalle polacchine di Cosetta.

"Guardali!" ordina la camicia nera con lo sguardo da lupo. E, usando il moschetto come se fosse una vanga, colpisce con forza la caviglia del prigioniero.

Lampo crolla a terra.

Novena sbuffa, mentre due dei suoi uomini issano il prigioniero, e poi lo sorreggono mentre barcolla.

"Tutto questo è inaccettabile, Novena," dice il conte. Non alza la voce, ma non c'è traccia di cortesia né di gentilezza. "Lei non ha diritto di irrompere qui e di sottoporre i miei figli a questo inutile spettacolo di violenza."

"Io ho tutto il diritto che voglio, Serafini. Non l'hai ancora capito chi comanda? Credi ancora di contare qualcosa, mentre ti nascondi qui nel tuo palazzo di merda?"

"Novena," dice sorridendo il conte, "temo che questo tipo di linguaggio sia più adatto ai postriboli che frequenta! Non per casa nostra."

Novena si sforza di ignorarlo. Si rivolge a Lampo. "La mia pazienza sta finendo. Se vuoi vivere, rispondi: riconosci qualcuno?"

Lo sguardo dell'unico occhio di Lampo trova un varco tra le palpebre gonfie e scorre sul conte, su Cosetta, su Astolfo, su Emanuele.

Nessuno respira.

La vita e la morte dipendono dalla freddezza dei nervi di Lampo.

Dalla sua forza, o quel che ne resta dopo i pestaggi.

Dalla sua lealtà, o quel che ne resta dopo i pestaggi.

Astolfo riesce a leggere qualcosa in quella pupilla.

Tranquillo, gli sta dicendo. Ne usciamo.

"Mai visti," gracchia Lampo. La sua è la voce di chi non beve un sorso d'acqua da giorni interi.

Novena si volta verso di lui e lo guarda con sufficienza. "Sei un uomo inutile."

Poi, un cenno al camerata con gli occhi da lupo. Un altro colpo con il calcio del moschetto e Lampo è costretto a mettersi in ginocchio.

È rivolto verso i padroni di casa.

Li guarda.

Il suo occhio riesce a trovare nel corpo martoriato abbastanza acqua da formare un'unica lacrima. Che scorrendogli sulla guancia si tinge di rosa, mentre scioglie i grumi di sangue.

Novena si porta dietro la schiena di Lampo.

Si sfila il fucile dalla spalla.

Inserisce le dita nella maniglia dietro al grilletto e con un movimento secco arma il fucile.

Astolfo spalanca gli occhi. Il fiato gli si blocca in gola.

Cosa sta accadendo?

Le dita di Cosetta ora stringono la sua mano con tanta forza da fargli male.

La canna del Winchester si appoggia sulla nuca di Lampo.

Il conte fa un passo avanti. "Adesso basta!" urla, ma tre camicie nere gli sono attorno, e gli piantano le armi sul torace.

"Stai buonino," sibilano.

Astolfo non sta più respirando. Gli sembra da ore.

Novena alza la testa verso i padroni di casa. Il suo sorriso è qualcosa che si fissa come un marchio a fuoco nella mente di Astolfo.

Un boato tra le mura della sala.

Lampo crolla a terra.

Le orecchie fischiano, le risate delle camicie nere arrivano ovattate.

Cosetta scatta in avanti, ma Artom, ora in piedi, la blocca. Le si para davanti, proteggendola. E punta l'indice contro il fascista. "Novena, non la passerai liscia!"

Per la prima volta lo sguardo del mostro si adagia sul professore. "E tu chi sei?"

"La pagherai per le tue azioni, animale!" Artom è fuori di sé, grida, sbraita, agita le braccia. Se non avesse un fucile puntato alla testa, sarebbe già addosso al fascista.

Ma Cosetta si intromette. "Professore, si calmi." E poi, a Novena: "È il professor Arti. Viene da Torino, è nostro ospite perché ho bisogno di ripetizioni di latino".

"Me ne frego di chi sia. Non ci si può rivolgere in questo modo a un funzionario della Repubblica sociale italiana."

"E sono certo," ribatte il conte, "che il governo repubblicano non approvi esecuzioni sommarie senza processo in abitazioni private, Novena."

Il fascista scrolla le spalle. "Qui comando io."

"Non capisci che stai dalla parte sbagliata?" continua Artom con foga. "Non hai sentito che Roma è stata liberata? Che gli Alleati sono sbarcati in Normandia? Non lo capisci che hai i giorni contati e che presto sarai chiamato a rispondere di ognuna delle tue atroci azioni?"

"Camerati," dice Novena, facendo segno ai suoi di prepararsi ad andarsene.

"Pagherai per ognuno dei tuoi crimini. E io sarò lì a festeggiare mentre il tuo corpo penzolerà dal patibolo, così come tu hai fatto impiccare tanti ragazzi innocenti che avevano a cuore soltanto la loro patria. Occhio per occhio e dente per dente."

Novena si ferma sulla porta. Si gira lentamente. "Che cosa poco cristiana da dire..." mormora grattandosi il mento. "Quasi giudea..."

"Professore," si intromette di nuovo Cosetta. "C'è tempo e luogo per ogni cosa."

In due passi Novena è di fronte alla ragazza. Estrae la pistola dalla fondina appesa alla sua cintura. La punta alla fronte di Cosetta. "Parole sante, ragazzina. Questi, nel tuo caso, sono il tempo e il luogo di startene zitta."

Astolfo freme. Ora respira, i suoi polmoni soffiano come i mantici di un fabbro. Ma la mano di Cosetta lo trattiene. Un piccolo strattone verso il basso. Stai fermo, gli comunica.

Novena guarda fisso gli occhi di Cosetta. Cosetta fissa quelli di Novena.

Passano i secondi.

Il fascista attende che lei abbassi lo sguardo, ma lei resiste.

Lui solleva il cane della pistola.

Ma lei non abbassa lo sguardo.

Alla fine è l'uomo a ritirarsi dal duello.

"Brava," le dice, come se fosse stato lui a vincere. "Hai capito che devi stare zitta."

Ma mentre rinfodera la pistola, Cosetta parla.

"Le bestie bisogna guardarle fisse negli occhi, solo così le si doma," dice, a bassa voce.

Novena le lancia un lampo dagli occhi, mentre richiude il fodero della pistola.

"Sapete cosa vi dico, professore?" dice Novena, richiamando il suo crudele sorriso. "Mi farebbe piacere continuare questa conversazione. Arti, vero? Da Torino? Venite un po' con me." Un gesto della mano. "Camerati."

Due camicie nere afferrano Artom per le braccia, mentre un terzo gli lega insieme le mani.

Astolfo e Cosetta fremono, ma uno sguardo del conte li tiene a bada. Non c'è nulla che possano fare adesso.

Un attimo dopo le camicie nere sono andate. Artom è stato portato via. Lampo giace sul tappeto persiano, intriso di sangue.

Cosetta si lascia cadere sul divano e scoppia a piangere.

"Basta!" grida. "È troppo! È troppo!"

Padre e fratello sono accanto a lei. Le offrono un abbraccio, ma non è di molto conforto.

"Questa guerra è atroce!" continua lei, tra i singhiozzi. "Troppo disumana."

"Finirà," mormora il conte. "Passerà."

"Deve. Perché, giuro, io un mondo così non lo accetterò mai!"

15.

25 ottobre 1944, mercoledì

Zama si presenta a palazzo da solo. Ha con sé le pistole, le bandoliere, la mitragliatrice e la baionetta appesa alla cintura. Ma ha anche un grosso quaderno.

"C'è la signorina?" chiede al cameriere, senza sentire il bisogno di presentarsi. Infatti non serve: ormai tutti lì lo conoscono. Che cosa strana, la guerra, che ti fa diventare amico di persone come Zama.

"Si accomodi, signor Zama, la faccio chiamare," risponde Geppo.

Cosetta lo trova nella stanza dei libri, seduto su una poltrona e intento a fare un po' di manicure con la baionetta. Astolfo è con lei.

"Zama..." Il suo tono tradisce aspettativa: ci sono forse novità su Emanuele? Sono passati mesi, ormai, ma speranza e angoscia continuano a fare i turni nella mente di ognuno.

Lo sguardo dell'uomo è concentrato: non un accenno di un sorriso, né l'ombra di una buona notizia. Si alza e ripone la baionetta nel fodero. "Credo di aver capito," dichiara solenne. E ora sì che permette a un largo sorriso di mostrare gli intarsi d'argento che decorano uno dei suoi premolari.

I ragazzi capiscono che Zama non ha in mente Emanuele. Non in questo momento. Il pensiero della prigionia del commissario politico viene ancora una volta accantonato: la vita deve procedere.

"Bene," dichiara Cosetta. "Capito cosa?"

"Zama cerca, Zama trova." E senza aggiungere altro apre il suo quaderno e le mostra appunti, mappe, codici.

Cosetta, data un'occhiata alle pagine, nasconde un sorriso. La grafia è ordinata ma evidenzia come il guerrigliero sia un uomo d'azione che maneggia una baionetta molto meglio di una penna. Le lettere sono grandi, tondeggianti, uniformi. Come quelle che ha imparato a scuola. Quando Cosetta scrive, le lettere si piegano alla sua personalità, domate da anni di utilizzo. Quelle di Zama no, comandano ancora loro.

"Io credo sia qui."

Cosetta ha capito quale sia l'oggetto della conversazione. Il tesoro della Quarta Armata, che si dice sia stato nascosto dal suo comandante, prima che l'Armistizio dell'anno prima portasse allo sbandamento dei suoi soldati e alla tragedia dell'occupazione nazista. Se ne era parlato, di tanto in tanto, durante le visite di Barbato al palazzo.

Una mappa mostra dei sotterranei, un edificio.

"Siamo a...?"

"Torino."

La ragazza si avvicina, legge alcuni appunti. Le si formano alcune rughe sulla fronte. Sfoglia le pagine, avanti, indietro, di nuovo avanti. Segue con l'indice alcune frasi. "Ma sei sicuro?"

Zama risponde senza esitare. "Sempre."

Cosetta stringe le spalle e fa un lungo sospiro. "D'accordo, allora. Cosa posso fare per te?"

"Voglio che sia sicura anche tu."

Cosetta prende il quaderno, si siede al tavolo e comincia a sfogliarlo dall'inizio. Zama la osserva per qualche istante, poi estrae di nuovo la baionetta, torna alla poltrona e si dedica alle unghie.

Passa quasi un'ora. Teresina entra con una tazza di tè e alcuni biscotti. Cosetta beve senza alzare gli occhi dal quaderno. Zama ora si dedica ai biscotti. Alcuni li mette in bocca, assaporandoli a occhi chiusi. Altri li nasconde in un fazzoletto e se li mette in tasca. Nel piccolo vassoio, ne lascia uno a Cosetta.

"Prendi anche quello," dice lei senza guardare. "Io non ho fame."

"Li porto su al campo," si giustifica Zama.

"Lo so."

"Secondo me non è a Torino," dichiara infine Cosetta.

"Come, non è a Torino?"

"Secondo me è in montagna. Verso il confine con la Francia."

Zama la fissa, serio.

"Vedi?" dice lei, indicando una mappa. "Qui. Io credo che gli indizi puntino qui."

Lui scuote la testa. "Zama ha studiato mappe e documenti a lungo. Torino."

Cosetta annuisce. "È vero, e senza il tuo lavoro non ci sarei mai arrivata. Ma io credo proprio che sia in montagna." Il suo dito segue una linea piena di curve e si ferma vicino a un simbolo quadrato. "Qui. C'è un rifugio, vedi?"

Zama studia il viso della ragazza per un lungo momento, prima di seguirne il braccio, il polso, il dito fino al punto sulla mappa. "Sei sicura?"

"No. Sono *quasi* sicura. Ho bisogno di più tempo."

"Non ce n'è. Se è davvero lì, c'è il rischio che lo trovino prima gli Alleati." Prende il quaderno. "Grazie."

Va verso la porta.

La voce di Cosetta lo ferma. "Zama."

"Sì?"

"Emanuele. Ho bisogno di sapere dov'è, come sta..."

Zama la interrompe.

"Sappiamo che è in carcere. Ma né dove né come stia."

"Io quando penso a lui non riesco a non piangere," dice Cosetta, sorpresa lei stessa da una confidenza così intima.

Zama resta immobile. La guarda.

"Anch'io," dice.

E se ne va.

16.
4 dicembre 1944, lunedì

Zama è sparito.

Da settimane.

Corre voce che sia stato ucciso in uno scontro, ma non si sa nulla di più.

Un giorno ha preso le sue cose e ha lasciato il campo dei ribelli, insieme a una manciata di uomini, qualche corda e poco altro. Senza dire niente di speciale. Da lui tutti si aspettavano una frase epica, una spiegazione sibillina, qualcosa di suo, insomma.

No.

"Allora io vado," ha detto semplicemente a Barbato, e così è stato.

Aveva lo zaino in spalla e parte del suo arsenale con sé, ma non tutto.

Nella sua tenda sono rimaste sei pistole, un fucile di precisione, l'enorme mitragliatrice, otto cassette di proiettili, una cinquantina di bombe a mano – anche quelle di fabbricazione tedesca – due baionette e una scatola di cuoio piena di fiale di veleno.

Però i libri e le mappe prese al palazzo se li è portati con sé. Insieme al suo quaderno.

Franco entra nella tenda di Zama. Ha un sorriso enorme. "Pietro mi ha dato il via libera. Alla prossima azione partecipo anch'io."

Astolfo sa bene quanto Franco soffrisse a restare escluso per il piede fratturato.

"Anch'io," dice, anche se non è vero. Non del tutto, almeno: non l'ha ancora chiesto a Barbato. Ma sa cosa vuole e sa che, in un modo o nell'altro, riuscirà a convincerlo.

Franco gli dà una pacca sulla spalla. "Bene!" Poi rivolge la sua attenzione alla mitragliatrice. La impugna come se fosse un cimelio. "È una MG 42 tedesca," spiega. "Millecinquecento colpi al minuto. Non ce ne sono altre, così. Barbato ha detto che posso usarla io, fino a quando Zama non torna."

Astolfo non sa che dire. Tace.

"Vado a provarla," dichiara Franco, e se ne va. Cammina con le gambe un po' ricurve, come se attraverso l'arma un po' di Zama fosse entrato in lui.

Astolfo rimane lì, in piedi, e si guarda attorno.

Un giorno, questa roba starà in un museo, pensa.

C'è una tale concentrazione di morte in potenza che il ragazzo quasi sente la presenza della signora con la falce lì accanto a sé. Gli vengono i brividi.

Si siede su una sedia da campo, davanti alla quale Zama aveva sistemato un tavolino fatto con delle cassette di legno.

Sul tavolino, un libro, in spagnolo.

Un libro che deve avere viaggiato a lungo, sotto il sole e sotto la pioggia, tanto le sue pagine sono ingiallite e spiegazzate. Dentro al libro c'è una stella alpina ancora bellissima e una di quella cartoline di cui Astolfo aveva solo sentito parlare dai più grandi: è in bianco e nero e raffigura una donna nuda di schiena.

Il titolo del libro è *El Ingenioso Hidalgo Don Quijote de la Mancha*. Astolfo non sa leggere lo spagnolo ma riconosce il titolo: a casa, di questo Don Chisciotte ne hanno anche una versione in italiano che magari un giorno, da vecchio, leggerà. Prende il libro e se lo infila in una delle tasche laterali dei pantaloni militari.

La cartolina no, la lascia sulla scrivania.

Hidalgo non ha idea di cosa significhi, ma *ingenioso* assomiglia abbastanza all'italiano da fargli pensare che anche Zama possa essere una specie di "Ingenioso Hidalgo".

Zama è sparito ed è arrivato l'inverno.

E con l'inverno il vento della vittoria imminente.

"I cimiteri sono pieni di poveracci che si sono fatti ammazzare nei giorni della vittoria imminente," così ha messo in guardia tutti quanti Barbato, in un campo dove i nervi sono a fior di pelle per la stanchezza, per chi non c'è più, per i lunghi mesi passati lontani da una vita normale che forse non tornerà.

Ogni tanto scoppia una rissa, ci si accusa di tradimenti, o di essere stati troppo imprudenti, o troppo prudenti, o troppo ubbidienti ai capi.

Barbato gestisce gli uomini con la solita calma e autorità ma, ora che è rimasto solo, tutto il peso del comando grava sulle sue spalle. È stanco ma non lo dà a vedere. Però Astolfo lo sa, glielo ha rivelato Cosetta: lei e Barbato ogni tanto si incontrano per scambiare qualche parola, e lei ha percepito la stanchezza del comandante dai suoi occhi e dall'inflessione della sua voce.

Come se non bastasse, le notizie che arrivano sono sempre più incerte e piene di dubbie verità, ma una cosa è sicura: i fascisti e i tedeschi sono al massimo della ferocia.

"Sanno che per loro non ci sarà un futuro," dice Ester qualche ora più tardi, soffiando il fumo fuori dalla finestrella del capanno nel bosco, che ora contiene molte meno armi della tenda di Zama.

Lei e Astolfo sono andati là per spostare le armi rimaste in un nascondiglio accanto al capanno. È una botola quasi invisibile, ricoperta di muschio. La neve, quando arriverà, metterà il suo sigillo sul segreto. I ribelli sanno che il mostro nazifascista, per quanto cieco e ferito, li ha annusati e presto arriverà fino a lì.

Ester guarda dalla finestrella e una lacrima le scende lungo una guancia arrossata.

"Forse non ci sarà futuro neanche per noi," replica. "Io vorrei essere una ragazza normale, che vive in tempi normali, che dice cose stupide, che si annoia, che pensa a come vestirsi per la festa del paese. E invece ho le mani luride di sangue."

Astolfo le si avvicina, vorrebbe abbracciarla ma improvvisamente quella ragazza gli sembra fatta di vetro, ha paura di spezzarla, di tagliarsi.

Ma la paura Astolfo la conosce, e le dice di andarsene subito da lì.

È alle spalle di Ester, ora. Prende una delle sue trecce, con dolcezza, e inizia a scioglierla. Poi prende l'altra treccia e fa correre le dita in mezzo all'oro di quei capelli che non vedono il sole da troppo tempo.

Ester non si volta, ma il respiro le si fa più profondo, le guance più rosse.

Astolfo le racconta, piano piano come un segreto che si confida a una persona sola, quello che faranno dopo la guerra, quando saranno ancora troppo giovani per andare all'università ma il mondo sarà un posto tutto da scoprire, tutto da inventare... prenderanno un aeroplano, sorvoleranno l'oceano, vedranno l'America...

Ester appoggia le mani al vetro. Tremano.

17.
23 dicembre 1944, sabato

Ruote sul fango misto a neve.
Motori che aggrediscono la salita.
Voci tedesche entrano nel parco del palazzo.
Poi silenzio.
C'è solo il vento, feroce e ghiacciato. Fa male alla faccia.

Una camionetta arriva e parcheggia a pochi metri dallo scalone di ingresso del palazzo. Sulla fiancata è dipinta la Balkenkreuz, emblema della Wehrmacht.

Due fanti prendono dal retro della camionetta un uomo ferito. Lo trascinano come riescono fino all'ingresso del palazzo, poi lo lasciano. Lui mette le mani a terra, cerca di alzarsi, non ce la fa.

Resta lì, in ginocchio. I due fanti sono accanto a lui, le armi in pugno. Scende dalla camionetta un ufficiale.

Sui gradini dello scalone, il conte e la contessa, Astolfo e Cosetta, tre persone di servizio. Nella mente di ognuno, torna con prepotenza l'arresto di Emanuele. Si preparano al peggio, a una nuova tragedia che potrebbe svolgersi di fronte a loro. Mascelle serrate, dita che si sfiorano.

Nessuno si muove, nessuno parla.

L'uomo a terra tossisce a lungo, sputa sangue.

Un soldato tedesco gli dice ridendo: "*Kaputt*, bandito. Tu non fare mai più partigiano se guarire".

L'uomo continua a tossire, piano, come se anche i suoni gli facessero male.

Una cameriera sta per andare ad aiutarlo, ma il conte alza la mano.

"Aspetta."

Astolfo e Cosetta non guardano il prigioniero negli occhi. Lo conoscono bene, è Calvi, e non possono tradirsi proprio adesso: un passo falso e i tedeschi possono dare alle fiamme l'intero edificio.

E in quell'edificio, oggi, sono nascosti otto partigiani.

L'ufficiale sale i gradini e si avvicina al conte. Gli porge la mano.

"Hauptmann Ludwig Von Hardenberg, molto piacere".

"Marcello Serafini-Meacci di San Michele, piacere mio," dice il padre di Astolfo, con gli spigoli della tensione che spuntano da ogni parola.

L'ufficiale guarda il prigioniero, che china la testa e aspetta il colpo di grazia alla nuca.

"Non guardare," dice a Cosetta suo padre. Poi prende dalla tasca un portasigarette d'argento e ne offre una al tedesco.

"No, grazie," risponde.

"Cosa posso fare per voi, mi dica," chiede il conte. "Non credo che siate venuti fin qui per uccidere un uomo."

L'ufficiale tace per qualche istante, poi scuote la testa e non fa nessun sorriso.

"Lascio lui qui," dice.

Infine, in un italiano approssimativo ma senza alcun ten-

tennamento, aggiunge che si tratta di un uomo che ha lottato con valore. È stato catturato all'alba durante un combattimento sul Montoso, dopo che per ore, lui solo con il suo mitra, aveva tenuto a bada i suoi uomini.

"Io non fucilare soldati così, né a Natale né mai," dice.

Poi, un cenno di saluto ai presenti, scende le scale e torna verso la camionetta.

Quando passa accanto al prigioniero, si ferma e gli fa il saluto militare.

Mentre sale a bordo, Astolfo ha la sensazione di vedere un vecchio, le spalle curve, il futuro come una luce sempre più debole.

In un istante, la presenza dei tedeschi è solo un ricordo, una storia che nessuno racconterà perché nessuno ci crederà, e se ci crederà non la capirà mai fino in fondo.

"Portiamolo dentro, povero ragazzo," dice la contessa, che gli è corsa accanto.

Sangue, ancora sangue per terra.

Quando il partigiano è stato portato al sicuro nel caldo del palazzo, il conte resta sull'uscio, in cima allo scalone, guarda lontano, da nessuna parte.

"Rimani," dice ad Astolfo.

Astolfo si ferma.

"La guerra alle volte ha un aspetto umano, ma è solo un'illusione. Resta un mostro e rende mostri tutti quelli che tocca," dice.

"Anche noi siamo diventati dei mostri?" dice Astolfo.

"Anche noi, sì." Poi la tensione cede il passo a un sorriso. "Ma mostri buoni, diciamo. Dai, andiamo dentro e vediamo che cosa possiamo fare per quel ragazzo."

TERZA PARTE

Inverno-primavera 1945

Abbiamo fatto una promessa
Che abbiamo giurato di ricordare per sempre
Non ci si ritira, non ci si arrende
Come soldati nella notte d'inverno
Con un giuramento da difendere
Non ci si ritira, non ci si arrende.

BRUCE SPRINGSTEEN, *No surrender*

18.

18 gennaio 1945, giovedì

Sembra quasi che stiano fumando. Tutti. Al primo contatto con l'aria gelida, ogni respiro si condensa in una spessa nuvola bianca.

Gli uomini si alitano sulle mani. Sgranchiscono le dita.

Si guardano negli occhi.

Attendono.

Il passamontagna che Astolfo indossa ha ormai dei piccoli cristalli di ghiaccio incastonati nella lana, proprio sotto le sue narici.

È nella seconda squadra.

Non c'è stato verso di ottenere di meglio. Barbato, Cosetta, il conte, la contessa, perfino Ester… tutti si sono opposti a un suo impiego in prima squadra. Troppo giovane, troppo inesperto, troppo qui, troppo là. Bla bla bla.

Ma va bene.

Ha una pistola in mano. Quella del motociclista morto nel fosso.

È nera. Pesante. Gelida.

Sa che non la dovrà usare. A meno che non gli venga ordinato.

Il suo compito è assistere quelli in prima squadra. Quelli come Franco. Quelli come Ester.

Portare loro munizioni, se servissero. Garze. Morfina, se occorresse.

Assisterli.

Ma va bene.

È nascosto nel bosco, di fianco a Pietro e ad altri. Poco oltre riesce a distinguere le sagome di Barbato, di Lavagna e di Franco.

Ester non la vede.

Sa che è meglio così.

"Quella ragazza me la sposo," mormora a Pietro. "Dopo la guerra. Ce lo siamo promessi."

Il compagno lo guarda negli occhi. La loro età non conta più.

"Ci sta," risponde l'amico. "Fai bene. Ma non esageriamo con i sacramenti, pensiamo alle cose più divertenti che ci stanno attorno."

La vita normale, la vita dopo, ma anche la vita di prima, sembrano un romanzo. Qualcosa che si conosce perché lo si è letto, non perché lo si è vissuto. Il prima e il dopo sono ammantati di un velo di finzione. Remoti. Falsi.

Ora c'è solo il presente. L'unica cosa vera è l'adesso.

L'attesa è estenuante.

Il freddo è intenso.

La strada è deserta.

Il tempo non passa.

E poi, dal nulla, la cacofonia dei semicingolati tedeschi.

Un respiro profondo.

Ci siamo.

Barbato ha messo a punto il piano in modo che l'attacco sembri molto massiccio. Devono sfruttare il fatto che in questo tratto la strada è tortuosa e che la boscaglia arriva a ridosso del ciglio. Piccoli gruppi devono ingaggiare il nemico. Fermarlo, far scendere i soldati dai mezzi, aizzarli in uno scontro a fuoco. E subito sparire, rischierarsi un poco più avanti, per un nuovo attacco. E così via.

Trenta uomini che sembrano trecento.

I primi spari, in lontananza.

Ester sta sparando. Astolfo lo sa.

Non sente più freddo.

E improvvisamente la battaglia è di fronte a lui.

Il semicingolato tedesco è grigio scuro, la croce bianca dipinta sulla fiancata, numeri, lettere, simboli incomprensibili. Davanti sembra un camion, e dietro un carro armato. La parte posteriore non ha un tetto.

E i soldati schizzano fuori. Impugnano mitra. Sparano all'impazzata.

I colpi sono laggiù, ma l'aria attorno a lui sibila. E la corteccia sui tronchi alle sue spalle esplode in piogge di schegge di legno.

Le distanze non esistono più.

Non puoi stare ai margini di una battaglia. Se la vedi, ci sei dentro.

Dietro al semicingolato arriva veloce un'automobile nera.

Lo sorpassa, tenta di allontanarsi.

Dentro deve esserci quel generale che, secondo Barbato, richiede l'azione di oggi.

Franco salta in mezzo alla strada, la MG 42 di Zama spianata, con il calcio appoggiato all'osso del bacino. Prima che i tedeschi possano reagire, il ragazzo preme il grilletto e dalla canna della sua arma volano fiammate e piombo.

L'automobile sbanda.

Le fiancate nere, assurdamente lucide, sono ora crivellate

da fori grossi come un dito, circondati da aloni grigi, azzurri, verdastri.

L'autista è morto.

Per Astolfo il tempo ha cambiato marcia: la scena si svolge in una rapida sequenza di immagini statiche. La testa del tedesco spinta indietro dal colpo. Gli occhi spalancati, terrorizzati, azzurri, bianchi. Il suo corpo che crolla in avanti. Le mani ancora aggrappate al volante. Il corpo che si accascia sul sedile.

Sangue.

L'auto che si incastra in un fosso, vicino a una minuscola cappella votiva.

Cosetta non sarebbe contenta di sapere che questa carneficina si sta svolgendo proprio sotto gli occhi della Madonna.

Franco è già sparito in un cespuglio.

Il generale abbaia ordini, ma nel frastuono delle armi nessuno lo sente.

Il suo viso è arrossato. Il cranio calvo. Gli occhi stretti.

Grida, indica, si sbraccia dal sedile dell'automobile impuntata nel fosso. Ma i suoi uomini muoiono e uccidono attorno a lui.

Nessuno gli dà retta.

Ma è vivo. Quindi, la battaglia continua.

Pietro tira la manica di Astolfo. "Tocca a noi!"

E gli getta in mano una scatola di compresse di garza e una di cartucce calibro 6,5 organizzati in caricatori a piastrina da sei colpi l'uno.

I due, e altri, corrono avanti. Tengono le gambe piegate, la schiena bassa, cercano di non offrire ostacolo alle pallottole vaganti che saturano l'aria e devastano i tronchi.

Distribuiscono piastrine di colpi. La battaglia sta durando più del previsto, le munizioni vengono consumate in fretta.

I tedeschi sembrano non finire mai. Quanti uomini c'erano su quei tre semicingolati?

Ora i colpi sono assordanti.

Le orecchie di Astolfo fischiano e la sua mente sembra ovattata.

Cerca Ester, ma non la trova.

Si ritrova invece al fianco di Franco. Il ragazzo gli fa un cenno.

"Dammene quattro o cinque," urla, indicando le piastrine di cartucce. Non ha più la mitragliatrice in mano, ma il suo fido moschetto modello 91.

Astolfo esegue.

"Da oggi sono combattente," dice Franco trovando il tempo per un sorriso, mentre infila una piastrina nell'arma e ficca le altre nella giubba.

Astolfo vorrebbe dire qualcosa. Non gli sembra il momento per i complimenti, né per gli auguri .

In un attimo Franco sparisce nella battaglia.

Pochi passi e sono vicini a un altro combattente, Cesare.

Alla partitella giocava in porta. Ha bloccato tutti i tiri di Astolfo. Tutti tranne uno, però.

Ora Astolfo lo rifornisce di munizioni, gli dà anche una pacca sulla spalla. Come se servisse a incoraggiarlo...

Ma non ce n'è il tempo: un proiettile colpisce Cesare in mezzo al torace. Un po' alla sinistra dello sterno.

Il giovane alza gli occhi verso Astolfo. Il suo sguardo è di stupore.

E poi di delusione.

E poi gli crolla addosso.

Astolfo sente il sangue caldo dell'amico scorrergli addosso. Vorrebbe gridare, ma tace. Vorrebbe scappare, ma non si muove. Vorrebbe pensare ma il suo cervello non collabora.

È Pietro a intervenire. Agguanta le spalle inerti di Cesare e con uno strattone libera Astolfo e riversa il compagno supino, di fianco a lui.

"Premi qui," ordina, indicandogli la ferita. "Usa la garza, premi forte!"

La ferita è solo un piccolo foro. Perché Astolfo ne è così spaventato?

"Ho detto di premere!" grida Pietro. E un attimo dopo sta soffiando nella bocca dell'amico.

Astolfo obbedisce. Ma il corpo di Cesare non reagisce. Si sta già raffreddando. O è solo un'impressione?

Ma Pietro non rallenta. Fa di tutto per rianimare il compagno. Non vuole arrendersi.

Intanto la battaglia non accenna a finire.

È tutta intorno a loro. Ma Pietro e Astolfo insistono.

"Ripieghiamo!" grida a un certo punto Barbato.

I partigiani lasciano la strada e spariscono nel bosco.

È lo stesso Barbato ad afferrare Astolfo per il bavero. A staccarlo dal foro nel petto di Cesare.

"Hai sentito?" ringhia, trascinandolo via con sé.

Cesare viene lasciato lì.

Il gruppo si raduna alcune centinaia di metri più indietro, dove il bosco è più fitto.

Sono rimasti in pochi, pochissimi, ma altri arrivano alla spicciolata.

Stanchezza, disperazione, paura e freddo dipinti sui loro visi.

"Dov'è Ester?" chiede Astolfo a chiunque incroci il suo sguardo. Ma in risposta riceve solo alzate di spalle.

Pietro guarda in direzione della strada, ma vede solo alberi.

"Non ci inseguiranno?" chiede.

"Sarebbero matti," dichiara Lavagna, con sicurezza. È un professore di scienze di Cuneo che si è unito al gruppo da qualche mese. Anche se non occupa una posizione di comando a volte tende a mettersi in cattedra. "Hanno paura di finire in un'altra imboscata. No, ora vanno a leccarsi le ferite da un'altra parte."

"Compagni," dice Barbato, serio. "Abbiamo eliminato il generale. Ho chiamato il ripiegamento perché l'obiettivo dell'azione è stato raggiunto."

"Lo confermo," dice Ester, spuntando dal bosco. "Me ne sono assicurata," aggiunge, mostrando la baionetta.

Astolfo vorrebbe piangere, ora che sa che Ester è sana e salva. Ma non piange. Non è né il luogo né il momento.

Pietro prende la parola. "Cesare è caduto."

"Non è l'unico," lo corregge Lavagna. "Ne abbiamo persi molti."

Basta uno sguardo per rendersi conto che ha ragione. Stamattina erano trenta, ora sono a malapena venti.

"Non possiamo lasciarli qui," dichiara Pietro.

"Dobbiamo, invece!" dice Barbato. "E so che nemmeno loro vorrebbero che altre vite fossero sacrificate per recuperare i loro corpi. Rientriamo al campo."

"Aspettiamo ancora qualche minuto," suggerisce Molotov. "Ne mancano troppi."

Astolfo cerca gli occhi di Ester. Quando li trova, le sorride. E lei ricambia.

"Manca anche Franco," dice Pietro.

"Restiamo qui altri dieci minuti, di più non possiamo," stabilisce Barbato.

Poi, il gruppo si mette in movimento. Franco non è tornato.

"Sia chiaro," bisbiglia Pietro a Ester e Astolfo, che camminano al suo fianco, "stanotte io lo vado a cercare, Franco."

"Sono con te," dichiara Ester.

"Anch'io," aggiunge Astolfo, senza pensare.

19.
18 gennaio 1945, giovedì

Arrivano al campo, esausti.

L'adrenalina se ne è andata, la tensione si è sciolta.

È rimasto un indefinibile miscuglio tra la soddisfazione per il successo e la tristezza per il costo dell'azione. Tra la felicità e lo schifo.

Cosetta si aggira fra le tende e i capanni. Un fantasma che si contorce le mani in preda all'ansia, in attesa del loro ritorno.

Appena scorge Astolfo gli corre incontro, con un viso che piange e ride allo stesso tempo. Poi nota il sangue sulla giubba del fratello e il sorriso se ne va del tutto.

"Fino!" grida. "Che hai fatto? Che ti è successo?"

A cosa si sta riferendo la sorella? Poi Astolfo si ricorda di Cesare, del buco nel suo torace, del suo sangue.

"Niente," mormora. "Non è mio."

È il momento di tirare le fila della giornata. La conta dei presenti davanti al comandante Barbato è un tragico appello di Lavagna.

"Pietro," chiama l'uomo, che a fare gli appelli è pratico.

"Ci sono."

"Ester."

"Qui."

"Franco."

Silenzio.

"Franco?"

E Lavagna traccia un segno sul quaderno.

Potrebbe essere morto, ucciso, prigioniero o in ritardo, ma con il passare delle ore le speranze si assottigliano.

Un'ora più tardi, Cosetta esce dalla tenda. Il suo viso è teso. Si avvicina ai tre ragazzi.

Pietro estrae le sigarette dalla giubba e fa girare il pacchetto.

Nessuno dice nulla.

"Andiamo?" chiede Cosetta al fratello. "Dobbiamo tornare a casa."

"Arrivo."

Mentre lei raggiunge il calesse, Astolfo dice ai suoi amici: "Scendete al palazzo, verso le undici. Penso di potervi incontrare sullo stradone con un paio di cavalli".

"No." Ester scuote la chioma bionda. "I cavalli fanno troppo rumore. C'è il coprifuoco, nessuno deve sentirci."

"Conviene andare a piedi," aggiunge Pietro.

Astolfo annuisce. "D'accordo allora, mi raccomando, a stasera."

"Fino! Andiamo!" ordina Cosetta, dal calesse.

"Arrivo!" Un abbraccio a Ester, una pacca sulle spalle a Pietro. "Lo troviamo. Sono certo che lo troviamo."

"Lo troviamo chi?" chiede Cosetta al fratello.

"Franco."

Cosetta tace per un bel po'.

"Vengo anch'io," dice alla fine.

20.

19 gennaio 1945, venerdì

La luna piena illumina solo lacrime, questa notte.

Ester, Pietro, Cosetta e Astolfo restano lì, immobili. Ogni parola viene frenata dal pianto, che per una volta non trova freni. I soldati in guerra non piangono. Ma loro sono ragazzi, che giocavano alla guerra, non era per davvero.

E invece adesso c'è il corpo di Franco lì davanti a loro. Sembra seduto per terra, con la schiena appoggiata alla vecchia cappella votiva. Come se fosse stato stanco e avesse deciso di fermarsi un attimo, andate avanti voi, che poi vi raggiungo…

Invece un'arma tedesca deve avergli tirato fuori l'anima proprio lì, perché ci sono schizzi di sangue sui mattoni. Due gocce rosse hanno raggiunto gli occhi della Madonnina di marmo, ai cui piedi ci sono solo rose secche.

"Sembra un miracolo, piange anche lei," dice Cosetta. Prende un fazzoletto e pulisce la statuetta. "Ma non è nessun miracolo. È solo questo schifo di guerra che non finirà mai."

"Noi vinceremo, presto," dice Ester.

"No. In una guerra come questa non vince nessuno."

Poi Cosetta si china vicino al ragazzo morto, gli prende la mano ormai rigida e recita un *Eterno Riposo* e un'*Ave Maria*.

Dopo un lungo silenzio, Astolfo ripete a bassa voce:

"Nell'ora della nostra morte".

Anche gli altri lo ripetono, come se quelle parole, da quel momento in poi, fossero scritte sulla loro pelle, una promessa di rimanere fratelli per sempre, anche quando la vita li porterà lontano ma con la sicurezza di ritrovarsi, uniti, amici, compagni alla fine del viaggio, "nell'ora della nostra morte".

All'alba, i tre ragazzi seppelliscono Franco ai piedi di una grande quercia nel parco del palazzo.

Ci è voluta un'ora buona per scavare una fossa capace di abbracciare il loro amico. Il terreno era duro per il freddo e le lacrime rendevano tutto straziante.

Non una parola è stata sprecata, durante quell'ora. Quando infine le pale sono state appoggiate al tronco e la fossa è stata illuminata dal primo sole, Astolfo e Cosetta vedono arrivare i loro genitori.

Certe cose non si devono spiegare né raccontare, quello che si vede è sufficiente per capire tutto.

Ester inizia a cantare, con una voce che è una melodia da angelo distante e stanco.

"Santa Maria, Signora della neve
copri col bianco soffice mantello
il nostro amico, nostro fratello
su nel Paradiso, su nel Paradiso
lascialo andare per le tue montagne."

La terra ricopre il corpo del loro amico.

Su una lapide improvvisata con un pezzo di legno, Pietro scrive con un mozzicone di matita il suo nome e la sua carica tanto desiderata: *combattente*.

Non nevica. Fa troppo freddo.

Una volta entrati nel palazzo, a bere qualcosa di caldo per sciogliere il ghiaccio dal cuore, Pietro ha lo sguardo lontano, come se le cose attorno a lui fossero diventate invisibili.

Prende la pistola e l'appoggia sul tavolo.

Accanto alle tazze, alla zuccheriera, al vasetto di marmellata, al cestino di vimini col pane.

Una pistola, in mezzo alle briciole.

"Io ho smesso," dice.

Tutti lo guardano. Ha la faccia di uno che è tornato da un lungo viaggio, di uno che ha visto l'altra parte del mondo e ora vuole solo rientrare a casa.

Astolfo capisce che l'amico ha usato il tempo giusto per esprimere il suo pensiero. Perché glielo aveva già letto nello sguardo, davanti alla Madonnina insanguinata, che lui se ne stava andando via: via dall'uccidere o essere uccisi, via dalle fughe e dai combattimenti, via da un mondo di amici o nemici. Là, sotto la luna, si era consumato l'addio. Ora non c'era altro da fare che accompagnare l'amico alla partenza, e augurargli buona fortuna.

Al campo, più tardi, Pietro chiede un colloquio con Barbato. Astolfo, Cosetta ed Ester gli stanno vicino. Sostegni.

"Per me è diventato intollerabile il pensiero che per uccidere bisogna pensare al nemico non più come uomo ma come animale. O come a una cosa, un oggetto da spezzare e buttare via. Continuo a vedere solo uomini, da una parte e dall'altra. Uomini. Io, questa notte, ho capito che non combatterò più."

Barbato ascolta con grande attenzione. Sembra toccato dalle parole di quel ragazzo diventato improvvisamente molto più grande di loro.

"E adesso?" chiede Barbato.

"Adesso è tutto più semplice. Come farò ancora non lo so, ma è deciso. Raggiungerò appena possibile un ordine internazionale di medici di guerra. Farò quello che per me è giusto fare. Proverò ad aggiustare ciò che altri hanno rotto, senza guardare se la camicia è nera o se il fazzoletto al collo è rosso."

Barbato tace.

Pietro prende fiato e poi continua, con un sorriso che rende ancora più belli i suoi occhi lucidi.

"Però per farlo ho bisogno della tua approvazione. Quel giorno, in piazza, ho superato la linea tracciata per terra, e allora credevo in quello che stavo per fare. Non mi rimangio le promesse, ma spero che tu mi capisca."

Barbato si passa le dita sui baffi.

"Certo che capisco. È tutto questo schifo che abbiamo attorno, che è difficile da capire. Per me non c'è problema." Si avvicina al ragazzo, lo abbraccia. "Sarai sempre uno dei nostri, uno dei nostri migliori uomini, anche se il tuo destino ti porterà lontano. Non dimenticarci mai, però. E abbraccia il tuo futuro così come io ora sto abbracciando te."

Pietro annuisce, porge la mano a Barbato che gliela stringe con affetto, poi si allontana.

Il comandante lo segue con lo sguardo.

Pietro non sembra già più un soldato, da come cammina, da come respira, da come si guarda attorno.

Barbato si rivolge ad Astolfo, Cosetta ed Ester. "Sapete che avrebbe detto Zama, adesso?"

I ragazzi si scambiano un'occhiata.

"Fanculo anche al destino," dice Barbato, con un sorriso amaro.

21.

18 marzo 1945, domenica

Non appena le nuvole scoprono il sole, Cosetta esce dal palazzo con un'enorme cesta piena di lenzuola e federe appena lavate. Ha passato qualche minuto a guardare il cielo fino a che non ha capito che le nuvole se le stava portando via il vento e che non sarebbero tornate per un po'.

Astolfo la aiuta a portare la cesta, anche se non capisce perché si debba andare fuori: c'è il sole, sì, ma fa ancora freddo. Non si possono mettere a stendere i panni in lavanderia, come fanno sempre?

"No! Se tocca a me, decido io dove metterli ad asciugare," dice Cosetta quasi fosse una cosa importantissima. "Lo sai bene che se stanno ad asciugare al sole poi profumano di fiori. Se stanno in casa poi profumano di niente, nel migliore dei casi, o di minestrone, nel peggiore."

Astolfo alza le spalle: il mondo sta precipitando in un baratro senza fondo e sua sorella pensa al bucato. Va' a capire.

"Contenta tu, contenti tutti, *my sister*," dice e posa la cesta vicino ai fili per stendere, tirati con cura in un angolo sul retro del palazzo. Cosetta posa il sacchetto con le mollette di legno e poi dà un bacio al fratello.

"Contenta me è sufficiente, *my brother*," dice. Ma è un attimo, perché Astolfo è già volato via: da un po' di giorni ha scoperto che correre come faceva da bambino lo aiuta a scacciare i pensieri. Corre, più forte che può, seguendo i sentieri tra le loro vigne o sul marginare dei boschi. Ama sentire l'aria gelida che gli soffia in faccia e che gli irrompe nei polmoni. La fatica che porta via l'oscurità del mondo e lascia trapelare un po' di luce nel suo animo. Ma non riesce a dimenticare che la guerra anche se alle volte dorme sotto la neve, quando torna è pericolosa come una belva affamata.

Il ragazzo ci mette poco a scavallare la prima collina, poi si ferma a riprendere fiato. Il parco del palazzo gli sembra vicinissimo, tanto l'aria è limpida oggi. Gli pare di aver percorso pochi metri. Ma la camicia fradicia di sudore dice ben altro. Deve subito riprendere la corsa: il freddo fa ghiacciare l'anima, se si sta a far niente.

Ma anche se riparte di scatto l'anima gli si ghiaccia lo stesso.

Vede le camicie nere.

Vede le lenzuola bianche che sventolano.

Vede sua mamma trattenuta per un polso, e suo padre immobilizzato con la canna di una pistola puntata contro.

Vede Cosetta presa e trascinata via.

Un uomo la spintona, le dà un calcio e infine la carica a forza su un'automobile, facendosi aiutare da un compagno magro.

Il cervello di Astolfo trova il tempo di dirgli che non si tratta di un rastrellamento, perché sarebbe stato fatto con più militi, con più mezzi, avrebbero svuotato la casa intera. No, è un rapimento. L'obiettivo è Cosetta e stanno facendo un lavoro veloce, sporco, clandestino. Personale.

Ma la lucidità dura una frazione di secondo e basta. Poi l'emozione scaccia la ragione e tutto il mondo di Astolfo viene spazzato via. Per sempre.

Corre veloce come il vento verso casa.

Se riesce a raggiungere l'auto, pensa, succederà qualcosa. Troverà il modo di fermarla, troverà il modo di far scendere da lì la sorella, a costo di farsi portare via al posto suo. Non importa che cosa gli succederà, non ci pensa: ora non è più un ragazzo, non è più un partigiano, non è più neanche un fratello.

Ora Astolfo è corsa pura.

Passo dopo passo, si lascia a destra e sinistra i campi coltivati, i campi abbandonati, le vigne gelate, il cratere di una bomba.

Ti prego, Dio, pensa Astolfo, ti prego oggi anche se non ti prego mai. Lei, Cosetta prega, e crede, sempre. Ora dev'essere troppo spaventata per farlo e allora lo faccio io. Ti prego, proteggila, non farle succedere nulla di male, aiutala a tornare a casa.

Ma l'automobile ha preso vie sconosciute e Astolfo non vede le tracce per terra. Fosse estate, vedrebbe il polverone sollevato dagli pneumatici. Ma la terra gelata è muta, e Astolfo si ritrova fermo e ansimante alla soglia del parco del palazzo, e le ginocchia gli cedono e cade in ginocchio, e piange.

A casa c'è il silenzio.

Suo padre e sua madre sono pallidi e hanno gli occhi che fanno paura.

Lo abbracciano forte.

Il personale di servizio è immobile, come se improvvisamente tutti i gesti fatti fino a quel giorno avessero perso ogni senso e loro non sapessero più come prendere gli oggetti, come posarli, cosa fare.

Qualcuno ha parlato. Qualcuno di loro ha tradito, pensa Astolfo. Non sarebbero mai venuti i fascisti così, qui da noi a colpo sicuro se non avessero saputo qualcosa di preciso.

Poi all'improvviso si rende conto dei pensieri schifosi che

gli sta proponendo la guerra. Che è davvero entrata in casa loro e che ora entra come una serpe nelle loro menti. Una serpe che dice di non fidarsi, che c'è da trovare un colpevole, che bisogna punire subito qualcuno. Astolfo capisce che quel veleno porta con sé la morte più orribile di tutte: la morte del nostro essere umani e la nascita del nemico nell'altro.

Non c'è nessuno da punire.

Astolfo schiaccia la serpe nella sua mente e capisce che non c'è nulla da pensare, c'è solo da agire.

Guarda i genitori negli occhi. I suoi genitori che il dolore ha trasformato in suoi figli, che aspettano qualcuno che gli spieghi, che gli dica il nome del gioco da fare.

"Andate subito in paese. Conosciamo tutti e tutti conoscono noi. Portate con voi dei soldi, molti soldi: serviranno se nessuno avrà il coraggio di aiutarci. Parlate col podestà, col parroco. Parlate con quel pezzo di merda di Novena," dice Astolfo, mentre sposta il grammofono dal vecchio baule che c'è nel salone. Apre il baule. Ne tira fuori due pistole che si infila nella cintura. Prende tre scatole di proiettili, le mette nel tascapane, che poi si mette a tracolla.

"Io vado su nei boschi," dice, "e vediamo che cosa succede."

È un attimo e Astolfo è via. Con ancora addosso la camicia fradicia di sudore.

Lo sa, che cosa stanno pensando i suoi genitori vedendolo correre via, armato, verso un mistero.

Lo sa, perché se lo sente bruciare sulla pelle.

Oggi è diventato grande.

Quando arriva al campo dei ribelli è quasi buio.

Da lontano sente il suono di un violino. E poi la voce di Kurt, che sta cantando.

I'm gonna tell you fascists
You may be surprised
The people in this world
Are getting organized
You're bound to lose
You fascists bound to lose.

Fascisti, perderete.

Sì, perderete.

Noi siamo pochi. Ma siamo i felici pochi dell'*Enrico V* di Shakespeare. Siamo una banda di fratelli.

Voi fascisti siete tanti ma siete destinati a perdere.

Astolfo trova Barbato nel capanno, intento a pulire la sua pistola.

"Che succede?" gli chiede l'uomo, stupito di vederlo arrivare. Astolfo gli parla. Frasi brevi. Fredde. È l'unico modo per tenere a bada l'emozione.

Barbato ascolta, ma gli tremano le mani. Infila e sfila i proiettili dal tamburo. Una cosa senza senso, che nessuno gli ha mai visto fare.

Si guarda attorno, come se improvvisamente dal buio potessero arrivare Artom e Zama per dirgli: "Dai, andiamo e riportiamo la ragazza a casa".

Ma è solo e sa benissimo che sta per dire la cosa giusta.

L'unica cosa giusta in quel maledetto giorno pieno di cose sbagliate.

"Sarebbe un suicidio," dice.

Prende un giaccone pesante e un berretto di lana.

"Fai preparare il mio cavallo. Vado a capire dove l'hanno portata e che cosa succederà. Di solito i rastrellati li mandano in Germania, in qualche campo di concentramento a lavorare.

Ma una ragazza come Cosetta non si può sapere. Bisogna agire in fretta, seguendo un piano."

Si avvicina ad Astolfo, gli appoggia le mani sulle spalle, lo guarda negli occhi.

"Ci rivediamo all'alba," dice.

Il cavallo bianco di Barbato corre via veloce dal campo dei ribelli.

22.

18 marzo 1945, domenica

La notte non porta consiglio.

Al campo dei ribelli no, non oggi.

Mentre Barbato è via per capire come salvare Cosetta, le ombre si stringono attorno ad Astolfo che vaga insonne per il campo. Non è di guardia, perché la sua mente è altrove, con la sorella: una cella, una lampada, uno scarafaggio sulla parete, una minaccia...

Due ragazze terrorizzate sono legate in una tenda e ascoltano i partigiani che parlano. Le hanno prese al tramonto. Nessuno sa chi abbia dato l'ordine di farlo. Fatto sta che ora sono qui, con le mani e le caviglie legate a una panca di legno. Cosa diavolo sta succedendo?

Una voce senza volto sostiene che se la facciano con i fascisti, un'altra conferma che una delle due è troppo amica del braccio destro di Novena. È chiaro che gli stanno passando informazioni per dare il colpo di grazia alla ribellione.

Le due ragazze provano a dire, a frasi smozzicate dai singhiozzi, che non è vero niente, anzi che è vero, ma ci hanno solo parlato, e di altro, mica della guerra, che in paese non si può non parlare coi fascisti, che sono ragazzi del posto, come loro… Loro non sono delle partigiane, non sono delle staffette. Una delle due, sì, era fidanzata con un partigiano. Ma è morto. Capite? È morto. Fucilato. Che cosa si deve fare, in paese? Ci si deve chiudere in casa?

C'è una gran confusione, tutti pensano e dicono ogni genere di cose. Proprio ora che la vittoria sembra a portata di mano, la paura che il mostro fascista divori tutti quanti è forte, più forte che mai.

Le prove contro le ragazze sembrano vaghe e contraddittorie. Lo sanno tutti, in quella tenda. Tutti.

Ma nessuno vuole rischiare. In questo processo tanto la colpa quanto il giudizio sono prigionieri della paura.

Tre partigiani si sono presi il compito di giudicare: sono i più anziani del gruppo e, anche se nessuno ha nominato una giuria, l'assenza di Barbato, di Zama e di Artom ha lasciato un vuoto che in qualche modo deve essere colmato.

I tre parlottano, poi escono. Vanno a deliberare, dicono.

Nella tenda scende il silenzio. Occhi gonfiati da lacrime e paura da entrambe le parti della barricata.

Astolfo ha freddo. I vestiti che indossa non sono adatti al gelo della notte. Vorrebbe andare da Kurt, chiedere che gli trovi un giaccone più pesante. Ma non può uscire dalla tenda dove l'hanno messo di guardia. Una delle ragazze lo fissa negli occhi, come se lui fosse la sua unica salvezza.

Astolfo non può distogliere lo sguardo.

I tre giudici rientrano nella tenda. Uomini fatti e finiti. Combattenti. Eppure ora si scambiano occhiate imbarazzate, si passano un foglietto da una mano all'altra. Sentono il peso della decisione che hanno preso.

Una delle ragazze comincia a piangere. L'altra tiene gli occhi inchiodati a quelli di Astolfo.

Finalmente uno dei tre si schiarisce la gola, strappa il foglietto dalle mani del compagno. Comincia a leggere.

La voce esce strozzata, acuta. Deve fermarsi, schiarirsi la gola. Riprendere.

Legge, ma il rumore nella tenda aumenta, le orecchie di Astolfo non riescono a cogliere più molto.

C'è solo una frase, alla fine, una frase dell'uomo che sta leggendo. Su quel foglio c'è una lunga frase, mille parole che non si capiscono tranne l'ultima, che arriva dopo una pausa infinita e viene detta con un filo di voce, e quella parola è: morte.

Morte.

Quattro partigiani scortano le ragazze fuori dalla tenda, poi attraverso il campo e infine laggiù verso il bosco buio.

Astolfo li segue. Non di nascosto. Ma neanche troppo da vicino.

L'erba è gelata e scricchiola sotto i piedi.

Un cerbiatto li sente, li guarda, non ha paura. Annusa l'aria. Sente la puzza di quei pezzi di metallo che gli umani si portano sempre dietro e che fanno un gran rumore. Un istante, ed è sparito.

Arrivano al punto dove ci sono gli alberi più alti. Così alti che fanno paura: sono lì da sempre e per sempre saranno lì. I tre giudici tengono gli occhi bassi, per paura di vedere un altro giudizio, questa volta per loro, scritto sulla corteccia dei giganti del bosco.

"In ginocchio," dice uno di loro.

Le due ragazze obbediscono.

Un altro partigiano si avvicina e prende dalle loro tasche alcune cose. Un portafogli. Un orologio forse d'oro. Una catenina di quelle della Prima Comunione. Un anello. Qualche banconota. Le conta. Mette tutto in tasca. Poi sfila le scarpe, prende anche quelle.

Le ragazze dicono poche cose. Chiedono per favore… supplicano per pietà… parole senza senso. Anche proposte terribili che un essere umano avanza per non morire, e che nessun essere umano dovrebbe ascoltare né ripetere.

"Se volete pregare, è il momento giusto per farlo," dice loro un altro partigiano.

Loro pregano a denti stretti, a occhi chiusi.

Ma non appena le prime parole della preghiera raggiungono il cielo, una raffica di mitra le fa seguire dall'anima delle due ragazze.

Astolfo non si è perso un istante di quella fine orrenda.

I primi raggi dell'alba riescono a filtrare attraverso i giganti del bosco e illuminano due ragazze a terra, le gonne fuori posto, i piedi scalzi, le mani bianche, le nuche devastate dai proiettili.

Lucia e Caterina, si chiamavano.

Ventuno e ventidue anni.

Astolfo capisce che si era terribilmente sbagliato.

La guerra non lo ha fatto diventare grande.

No.

La guerra non lo ha fatto diventare niente.

Era un essere umano. Le ragazze erano esseri umani.

Ora le ragazze sono polvere. E lui è una pietra.

Non sente più nulla. Gli hanno strappato il cuore. E lui si è strappato di dosso, per sempre, la paura.

Ora è solo, unica sentinella dei due corpi straziati. Nessuno gli ha chiesto di stare lì, ma non riesce ad allontanarsi.

Lo sguardo di quella ragazza ha scavato un solco nella sua coscienza. Non se ne andrà mai.

“Cosa è successo qui?” chiede una voce stanca, un po’ cantilenante.

Astolfo si volta e si trova di fronte Zama, seguito dalla piccola banda che l’aveva accompagnato nella sua missione segretissima. Hanno zaini gonfi e pesanti sulle spalle, i visi esausti e pallidi nella luce azzurrognola dell’alba.

Lo sguardo dell’uomo è severo.

“Sono due bambine,” dichiara.

Astolfo apre la bocca, ma non sa che dire.

“Chiama Kurt,” ordina Zama. “Vanno ripulite, messe in ordine. Subito.”

23.
19 marzo 1945, lunedì

Il sole comincia a riscaldare l'aria mentre i corpi delle due ragazze vengono adagiati, uno di fianco all'altro, all'ombra di un albero. Alcune donne del campo hanno ripulito il sangue, ricomposto i visi, chiuso le palpebre, rivestito i corpi con indumenti puliti. Ora sembra che stiano dormendo.

Astolfo ha cercato un senso camminando nel bosco. Non l'ha trovato. Al campo trova invece Barbato. Ester è con lui. Anche Lavagna. Gli si mette di fianco.

Il comandante è seduto a un tavolo, di fronte a Zama. Tra di loro, quattro zaini che si sostengono a vicenda in equilibrio precario. Da uno strappo nel tessuto, Astolfo scorge parte del contenuto. Oro.

Gli tornano in mente le parole di Zama, quando a casa loro consultava mappe e documenti, quando chiedeva l'opinione di Cosetta. Il tesoro della Quarta Armata.

Ecco cos'era la missione segretissima.

Ester sfrutta un momento di silenzio. "Ma sei ferito?" chiede a Zama.

Il guerrigliero ha una grossa fasciatura a un dito. Fa un sorriso dei suoi, stringe le spalle larghe.

Ester gli si avvicina. "Fa' vedere."

“Non serve,” replica Zama indicando una baionetta. La lama è stata infilata nel piccolo fuoco che arde nel caminetto della stanza. “Risolvo subito.”

Estrae la baionetta dal fuoco, la lama è ormai incandescente. Con uno strattone si sfila la benda: la prima falange del medio è nera. Senza dire una parola, appoggia il dito su un tavolo e…

Un colpo netto di baionetta e si taglia via la falange. Stringe i denti, fa una smorfia di dolore, ma non dice nulla. Neanche un gemito. Subito avvicina la lama rovente al moncherino per cauterizzare la ferita.

Per Astolfo l’odore è inconfondibile: porchetta arrosto.

Zama si sforza di sorridere di nuovo. “Ecco fatto. Problema risolto, amica mia.”

Barbato attende qualche secondo, per accertarsi che l’amico stia bene davvero. Poi riprende, chiudendo il discorso: “Allora siamo d’accordo. È la scelta migliore”.

“Tu sai che potremmo usarlo diversamente.” Lo sguardo di Zama è fisso sugli zaini pieni d’oro. La ferita dimenticata.

“Lo so,” dice Barbato, passandosi le mani sugli occhi stanchi. “Lo so. Ma dobbiamo pensare alla causa.”

“Fanculo la causa.”

“Eh,” dice il comandante. E non aggiunge altro. Poi vede Astolfo, sulla porta. Gli fa cenno di entrare. “Vieni dentro, Biondo, ho notizie di tua sorella.”

Cosetta è stata portata nella caserma dei Carabinieri, è ancora in attesa di essere interrogata. Tra due giorni sarà portata a Torino, dove i fascisti stanno allestendo un treno speciale per raccogliere il frutto di decine di rastrellamenti nella zona. Un treno carico di braccia da usare per il glorioso sforzo bellico del Terzo Reich.

Niente interrogatorio, niente torture.

Un carabiniere amico di amici ha fatto sapere che la ragazza sta bene, che non è spaventata. Ma che ha dato una sberla a Novena quando lui ha detto che l'avrebbe perquisita personalmente. Dopo la sberla, Novena ha sputato per terra e ha detto che avrebbero trovato insieme un modo per farle capire chi comanda lì dentro. E chi comanderà, in futuro.

Barbato sa che un treno partirà dalla stazione di Barge verso le cinque del mattino del 21 e che i prigionieri verranno caricati all'ultimo momento. Il percorso dalla caserma alla stazione è troppo breve: non si può pensare a un attacco lungo la strada. Ed è impossibile attaccare la caserma, ormai sono pochi. Dovranno attaccare nella stazione, mentre i prigionieri vengono caricati sul convoglio.

"Saranno due camion. In totale una cinquantina di prigionieri. Gente comune, molti ragazzini. Di donne ce n'è una decina con Cosetta. Anche loro finiranno a lavorare nelle fabbriche, se gli va bene. Ma questa volta li riportiamo a casa tutti," dice.

Astolfo vede che Barbato ha una mano con le nocche scorticate e sporche di sangue. Quello che ha dovuto fare per raccogliere queste informazioni però non gli interessa. Gli interessa solo tenere in mano le sue due pistole e sparare tutti i colpi che ha. Non è vendetta, non è sete di giustizia. Non è neanche amore. È solo la guerra.

Più tardi, Astolfo accompagna Barbato al bosco. Il comandante passa alcuni minuti sulla tomba delle due ragazze. Non prega, non parla, non guarda. Tiene gli occhi chiusi e si passa la mano sinistra sulle nocche scorticate della destra.

Al ritorno, quando guarda Barbato gli fa pena: non vede più il suo comandante. Ora sembra un vecchio.

Cosetta deportata.

Artom sparito da nove mesi, senza che di lui si sappia nulla.

I suoi uomini che fanno giustizia sommaria.

Barbato convoca tutti.

Fa passare il suo sguardo su ciascuno di loro, soffermandosi alcuni secondi su ogni paio di occhi. Poi offre una versione rapida della situazione di Cosetta, e illustra il piano, così come l'hanno messo a punto lui e Zama.

"Domani ci occupiamo dei vivi," dice Barbato, e chiude la prima parte del discorso. "E il giorno dopo, se saremo ancora qui, ci occuperemo dei morti. Se saremo morti anche noi, be' sarà tutto più facile."

Non ride, Barbato. Ma sa bene che il morale dei suoi ragazzi e delle sue ragazze dipende anche da quelle parole.

Fa una lunga pausa. Deve affrontare la questione che gli sta consumando l'anima. Sposta gli occhi sui tre partigiani che hanno giudicato le ragazze.

"La responsabilità della morte di Lucia e Caterina è mia," parla a tutti, con voce forte e chiara. Ma guarda solo loro. "La mia coscienza non mi risparmierà nulla. Porteremo le salme alle famiglie ed esprimerò le mie scuse ufficiali, per quello che possono valere in momenti simili. Ma questa mia responsabilità non mi esime dal prendere seri provvedimenti per chi ha sbagliato a giudicare e ha eseguito la sentenza. Chi fa cose del genere, anche in tempo di guerra non è un soldato ma un pazzo pericoloso. In piedi!"

I tre si alzano.

"Siete immediatamente degradati ed espulsi dal nostro nucleo combattente. Non vi fuciliamo perché di sangue se n'è già versato troppo e perché non dobbiamo mai dimenticare che noi siamo diversi dai fascisti, come così tante volte ha voluto ricordarci il nostro compagno Emanuele. Ogni giorno mi auguro che sia in salute e che tra non molto potremo di nuovo averlo fra noi. Ma, in sua assenza, non posso che far mie le sue parole e il suo pensiero."

Pausa.

"Quindi siete liberi di andare dove volete, ma sappiate che a guerra finita, dopo la nostra vittoria, verrete denunciati alla giustizia civile, che farà il suo corso. Consegnate immediatamente le armi. Consegnate il fazzoletto garibaldino: non meritate più di indossarlo. Andatevene da questo campo."

Ma prima che possano voltarsi e obbedire al suo ultimo ordine, Barbato si para di fronte a loro. Ha gli occhi stretti come feritoie e la voce più bassa del solito.

"Vi auguro che ogni notte della vostra vita i fantasmi di queste due poverette vengano a tormentare il vostro sonno e che il rimorso si mangi ogni vostra futura felicità. Provo schifo per la gente come voi, per me non siete diversi dai fascisti e non meritate di essere chiamati partigiani."

Nel silenzio, i tre uomini lasciano il campo.

Nessuno osa dire loro nulla, né una parola di conforto né un insulto.

Astolfo li guarda fino a che non spariscono.

Non prova nulla, per loro. Ma neanche per le ragazze.

Nulla.

Nemmeno per sé.

Respira piano.

Controlla le sue armi, che siano perfettamente a posto.

24.
19 marzo 1945, lunedì

Le ore non passano. È quel non-tempo tra la decisione di fare qualcosa e il momento di farlo. Le lancette degli orologi rallentano e tutto sembra immerso nella viscosità del presente.

I ribelli controllano ancora una volta la pulizia delle armi. Contano ancora una volta le munizioni. Verificano ancora una volta lo stato dei bengala.

Poi succede qualcosa che infrange il cristallo del non-tempo.

Si chiama Oscar e ha lo sguardo che guarda lontanissimo, tipico di chi ha visto in faccia la morte, l'orrore. Ormai Astolfo lo sa riconoscere subito, quello sguardo.

Il ragazzo è arrivato da poco da Torino, stanco morto, e dice a mezze frasi, interrotte da spaventosi scoppi di risa, di essersi salvato da un plotone d'esecuzione per miracolo. Soltanto ferito dalla raffica assassina, viene scambiato per morto per un dettaglio raccapricciante: la testa di un suo compagno esplosa addosso a lui ha fatto pensare ai boia che non fosse il caso di sprecare per lui una pallottola per il colpo di grazia. Non sono risate, le sue, lo sanno tutti bene. Sono frammenti di follia, che arrivano improvvisi e alle volte non lasciano più.

Oscar viene portato in infermeria ma lui continua a chiedere di parlare con Barbato. Dice che non lo conosce, ma che deve parlargli di una cosa importantissima.

Astolfo si offre per andare a cercare il comandante, e quando lo trova lo conduce all'infermeria. Barbato chiede a Oscar che cos'abbia di così importante da dirgli.

Il ragazzo si fa improvvisamente silenzioso, come se tutta le frenesia si fosse sciolta in un misto di paura e di parole difficili da trovare.

Nel frattempo arriva anche Zama e si mette accanto a Barbato, fumando il sigaro senza ascoltare quelli che gli dicono che in infermeria non si deve fare.

Ma alla fine in guerra le parole sono sempre quelle, e vengono sempre dette col cuore pesante.

"Ho visto morire Emanuele Artom," dice il ragazzo.

Il gelo stringe subito i cuori di tutti.

Non si sente neanche più un respiro, se non il fiatone di Oscar, che ora sembra combattere con qualcosa di invisibile per continuare a parlare.

"Ero in prigione con lui. Alle Nuove, a Torino. Tredici giorni ci hanno messo, ad ammazzarlo, tredici giorni. Alla fine, alla fine non sembrava neanche più lui talmente l'avevano conciato male. Ma non ho mai visto niente di simile: fino all'ultimo ha pensato a non tradire la causa, a proteggere i compagni. Non conosco nessuno che abbia una forza d'animo simile alla sua, nessuno."

Oscar ora piange, in silenzio.

Zama butta a terra il sigaro e lo spegne col tacco degli stivali. Dice un'imprecazione oscena in spagnolo, che Astolfo trova terribilmente adatta al momento.

Barbato tace e poi, fatto un respiro da malato, dice al ragazzo di continuare. Di raccontare tutto.

Il ragazzo lo guarda, cerca di mettersi a sedere più dritto, ma è come se gli avessero tolto la forza dalle ossa.

"Ogni giorno lo torturano," dice, e sembra che la scena gli si presenti davanti agli occhi.

"Lo picchiano sempre, pugni, calci, schiaffi, frustate, sempre. Non gli danno da mangiare, non lo lasciano dormire. Lo umiliano con scherzi e bestemmie, dicono che è debole, che gli ebrei come lui non riusciranno nel loro disegno di distruggere la cultura tedesca."

Prende fiato. Stringe le palpebre.

"Un pomeriggio ci fanno uscire in cortile, lui si regge a malapena in piedi, vediamo che lì c'è un asino, non capiamo perché. Poi lo obbligano a salire in groppa all'animale e lo fanno sfilare per il cortile e uno dei prigionieri quando gli passa accanto deve colpirlo con una verga."

Poi la voce si riduce a poco più di un sussurro. Come se ogni singola parola fosse una bestemmia.

"Dicono: 'Ecco l'ingresso dell'ebreo Gesù in Gerusalemme'."

Barbato tace, ma sta stringendo i pugni con tutta la forza che ha. Le nocche sono bianche, il suo sguardo fa paura.

Zama si siede su un tavolaccio sporco di sangue. Tira fuori dalla cintura un'enorme mannaia e fa scorrere il bordo delle unghie sulla lama. Ad Astolfo viene la pelle d'oca pensando che è uguale a quel coltellaccio che i macellai usano per spezzare le ossa. Solo più grosso. Abbassa lo sguardo.

Oscar continua.

"L'ultima notte, Emanuele è già al limite, non sembra neanche più lui. Il suo corpo sì, c'erano riusciti a distruggerlo. Il suo spirito… non lo sapevamo, stava immobile. Perde sangue, deve avere qualcosa di molto brutto rotto dentro, non lo so. Una guardia gli porge una lama di vetro e gli dice che con quella può porre fine da solo alle sue sofferenze. Poi, con una risata, aggiunge che se però lo farà, noi, i suoi compagni di cella, verremo tutti fucilati. E se ne va. Emanuele prende la lama. Noi stiamo immobili, col cuore in gola. Ognuno di noi, nelle sue condizioni, si sarebbe ammazzato. Artom no, lui sorride. Riesce a dirci di stare tranquilli. Che soffrirà le sue pene fino in fondo e che non ci avrebbe mai messi in pericolo. Il giorno dopo, dopo tremende sofferenze che non voglio raccontare, Emanuele muore."

Zama pianta il coltello nel legno del tavolo, con una forza che fa pensare a tutti i presenti che quel tavolo si potrebbe spezzare in due da un momento all'altro.

"Io voglio solo tornare a casa," conclude Oscar, "non voglio più saperne nulla di questo schifo. Però prima volevo dirvi com'era andata. Emanuele parlava spesso di voi. Diceva di lei, Barbato, che era un buon comandante. Scherzava sulla sua fede comunista, ma diceva che l'avrebbe seguita in capo al mondo. E di lei, lei è Zama, vero? 'Magnifico guerriero,' diceva. 'Spero di avere la sua forza,' diceva."

Poi tace, e gli torna quello sguardo che fa paura.

Zama esce dall'infermeria senza dire nulla.

Barbato dice che bisogna prendersi cura di quel ragazzo fino a che non sarà in grado di tornare a casa, e poi se ne va.

Astolfo lo segue, resta vicino ai due comandanti, sente che sono questi i momenti in cui deve essere presente. Che sono i momenti che deve vivere per diventare un adulto, per avere qualcosa da non dimenticare mai.

I due uomini stanno un po' lì, in silenzio. Non si guardano neanche.

La notte entra nell'anima di Astolfo, e il cuore gli si gela lentamente.

Infine Barbato parla.

"Questa disperazione non è nostra nemica. Fa male, malissimo, ma ci renderà invincibili. Domani all'alba affronteremo la nostra prova più grande. Emanuele sarà con noi."

Improvvisamente Zama sembra avere un mancamento, fa

un paio di passi incerti e infine si appoggia a un albero. Guarda l'albero come se non avesse mai visto nulla del genere in vita sua. Ne afferra il tronco, sembra una specie di abbraccio. Astolfo teme che sia impazzito per il dolore. Poi però capisce: Zama, con uno sforzo inimmaginabile stringe, tira, ringhia, suda, grida e impreca fino a che non sradica l'albero, lo solleva e lo lancia lontano. Poi sputa per terra e dice semplicemente: "Mi è venuta fame, andiamo a vedere se alla mensa è rimasto qualcosa di caldo. Biondo, vieni con me".

Astolfo lo segue, anche se è impossibile pensare al cibo.

Perché domani o si uccide o si muore.

25.

19 marzo 1945, lunedì

La notte prima della battaglia non porta consiglio.

Porta solo orrore.

E il primo a morire è il sonno.

Astolfo è nella sua camera, a palazzo, dove ogni oggetto, che fino al giorno prima aveva un senso e una funzione, ora spaventa nella sua mancanza di significato. L'abat-jour, il comodino, il libro sul comodino, il crocifisso sul muro, tutto si è trasformato in forme incomprensibili. E avere attorno un mondo incomprensibile che non capisci più fa paura.

Poi ci sono i pensieri, che hanno la grana dell'incubo: pensare che qualcuno di loro non tornerà più a casa è un'angoscia che preme sul petto e toglie il respiro.

Se n'è parlato, in famiglia, della battaglia. Sua madre si tormentava le mani, diceva che un mondo che fa fare le guerre ai ragazzini è un mondo ormai finito.

Hanno provato di tutto per riportare a casa Cosetta: dalle mosse diplomatiche a disperate proposte di denaro. Ma non si è ottenuto nulla. La guerra sta divorando anche i gesti più umani: è un mostro che nasce dalle piazze in festa e finisce con la disperazione delle notti come questa.

Per chiudere il mostro fuori da casa sua, Astolfo torna con la mente ad alcuni momenti felici di un tempo che si sta allontanando a una velocità incomprensibile.

Astolfo sente il rumore delle posate d'argento, vede i piatti decorati, il vino buono, l'acqua fresca. Il profumo del cibo povero da tempo di guerra ma ricco di cure e di tradizioni. Il piacere dei tovaglioli di seta appena stirati.

Ma soprattutto sente le parole: parole importanti, indimenticabili. Sa e saprà per sempre che nelle cene di famiglia con Barbato, Artom, Zama e i loro uomini e donne si faceva una cosa semplice e complicatissima: si progettava il futuro. Parole, tantissime parole: che erano idee per una macchina che ancora non esisteva e che non si sapeva ancora bene come far funzionare, ma che, lo si sentiva chiaramente, era necessaria per attraversare quel fiume di guerra e raggiungere un posto che si chiamasse "vivremo".

Una frase gli echeggia nella mente, nitida. È Barbato che dice: "Il male sta nel passato, nei fascisti e nei nazisti che si ostinano a perpetuarlo. Il bene sta nel futuro che tutti insieme, per una volta compiutamente italiani, vogliamo costruire".

Comunisti e cattolici, intellettuali e persone d'azione, uomini senza passato e ragazzi con sogni infiniti. Militari e "politici", settentrionali e meridionali, montanari e gente di pianura.

Sembra impossibile che da un gruppo così eterogeneo, da idee così diverse e spesso conflittuali possa nascere qualcosa di bello, una scommessa appassionata su un mondo nuovo.

Ecco, Astolfo sa che tutti quei mesi non sono stati solo guerra e distruzione.

Sa che in quei mesi c'era anche pace e costruzione di un'Italia nuova e coraggiosa.

Ecco, Astolfo sa, questa notte insonne sa che quello che hanno vissuto in quei giorni, per quelle colline, in mezzo a quelle battaglie e a quegli slanci irripetibili di futuro, è qualcosa che verrà ricordata negli anni come "la Resistenza perfetta".

A questo punto Astolfo può dormire.

Il cuscino è morbido, le coperte lo tengono al caldo.

Nessun rumore, nella notte.

Sogni confusi lo accompagneranno alla battaglia.

26.

20 marzo 1945, martedì

Che la guerra amasse il buio, Astolfo l'aveva capito subito. Era ancora quando il Re stava dalla parte di Mussolini, quando l'Italia aveva appena dichiarato ostilità alla Francia.

Astolfo era ancora un bambino, quel lontano giugno afoso, e con la famiglia stava nella residenza di Torino.

L'ordinanza del podestà era arrivata subito: da quella sera, non un raggio di luce poteva sfuggire dalle abitazioni. Dopo il tramonto dovevano regnare le tenebre. Ai cittadini veniva consigliato di usare coperte, drappi, tappeti, cartoni. L'importante era che nulla trapelasse fuori.

Le auto venivano equipaggiate con strani fanali che, invece di illuminare, proiettavano una sottilissima lama di luce con la quale l'autista, in qualche modo, doveva trovare la strada.

Ora, quasi cinque anni più tardi, la notte è ancora così. Buia e impenetrabile, anche dentro al paese. Anche se al di là delle coperture sulle finestre brillano lanterne e candele.

Il cielo è limpido. La luna è una falce sottile che proietta una luce fioca sulla stazione ferroviaria. A malapena si distinguono le sagome.

Il gruppo di partigiani è nascosto fuori dalla stazione, sotto un tiglio. Non si può parlare – troppo pericoloso – solo cenni, indicazioni con le mani. Che il buio confonde.

Sono pochi, una ventina. Ma non c'era modo di organizzare una sortita più numerosa: i tempi sono dettati dai fascisti. Loro decidono quando caricare il treno, loro determinano il momento in cui saranno attaccati.

Barbato indica una sagoma più nera della notte.

Astolfo stringe gli occhi, cerca di seguirne il contorno. Una superficie opaca, bitorzoluta, un comignolo.

D'un tratto, una luminescenza arancione, e il rumore di carbone che viene raccolto con una pala e – ferro che stride su ferro – gettato nella caldaia. Pochi secondi, poi di nuovo il buio.

Eccolo, il treno che si porterà via Cosetta.

No che non se la porterà via, si corregge Astolfo.

Il macchinista sta portando a temperatura la caldaia della locomotiva, a pressione il vapore. Presto sarà pronto per partire.

Alla locomotiva è attaccato un carro merci. O è un carro bestiame?

C'è scritto sulla fiancata dei vagoni: CAVALLI 8 UOMINI 40.

È un carro per persone che vengono trattate come animali.

Altri vagoni sembrano abbandonati su binari morti o laterali. Due o tre. Attenderanno un altro trasporto.

Ora sono utili ripari dove nascondersi.

Barbato li indica, le sue dita lanciano gli ordini. Gli uomini li raccolgono e annuiscono.

Abbandonano il tiglio e, strisciando nelle tenebre, prendono posizione attorno al treno.

Metà di loro hanno dei bengala.

Perché la guerra teme la luce, ma loro no.

La luce sarà loro alleata per confondere i fascisti e, soprattutto, per non rischiare di colpire uno dei prigionieri.

Cosetta.

L'odore delle traversine impregnate è pungente, chimico, innaturale.

Astolfo striscia sotto uno dei vagoni abbandonati, e il suo naso si appoggia sul legno unto e puzzolente. La mano si aggrappa al ferro del binario.

Pochi centimetri sopra di lui, il carro merci abbandonato. Le sue ruote immobili, con i freni tirati, poche spanne alla sua sinistra.

Prende il fucile dalla spalla e lo porta in avanti, con la canna che spunta da sotto il vagone. Gliel'ha messo in mano Barbato, facendosi consegnare le due pistole. "Questo ti sarà più utile per quello che dobbiamo fare, Biondo."

Astolfo avrebbe voluto tenere almeno una delle pistole, ma Barbato era talmente serio e teso che il ragazzo non ha osato chiederlo.

Ora osserva attraverso mirino e collimatore. Al momento dell'attacco dovrà sparare in alto, mirare al tetto dei vagoni, se non oltre. Non deve rischiare di colpire i prigionieri.

Il suo obiettivo sarà creare confusione, panico.

Poi i bengala illumineranno la scena a giorno.

E gli assaltatori assalteranno.

Ecco il piano.

Astolfo sospira.

Gli tornano in mente le parole di quella vecchia canzone, sentita ormai tanto tempo prima.

Rock 'n' roll.

Quando arriveranno i prigionieri? Quando arriveranno i fascisti? Quando si scatenerà il pandemonio?

I minuti passano, lenti.

Di tanto in tanto, il macchinista apre lo sportello della caldaia e un fiotto di luce arancione lo investe, dipingendolo sporco e sudato, sullo sfondo nero del ferro della sua locomotiva.

Quattro badilate di carbone, e poi ancora il buio.

Arrivano due fascisti.

Stanno fumando ma tengono le sigarette protette e nascoste con il palmo delle mani. Anche loro, amici delle tenebre.

Si avvicinano alla locomotiva. Due parole con il macchinista. Un'occhiata agli orologi. Poi vanno al carro e, con un gran cigolio e stridio di ferro arrugginito, fanno scorrere i portelloni di lato, spalancando l'oscurità al suo interno.

Manca poco.

Astolfo stringe le dita sulla rotaia. Il suo indice destro si muove lungo la piastra di metallo che circonda il grilletto. Avanti e indietro, su e giù.

Prima regola – gliel'ha impartita pochi minuti prima Zama – non mettere mai il dito sul grilletto, finché non è il momento di sparare. A volte basta una minima contrazione per scatenare uno sparo. E uno sparo prematuro può essere una tragedia. "Ci vuole prudenza, nella follia della guerra," ha detto il colombiano.

Poi però si è sputato sulle mani, se l'è sfregate con cura e ha tirato fuori quell'arma da macellaio.

"Fanculo la prudenza".

I fascisti gettano le sigarette. Le pestano con gli scarponi.

Un colpo di reni, salgono su due vagoni diversi e si siedono, le gambe penzoloni, i fucili in grembo.

Tutti attendono, stanotte.

Astolfo si immagina Cosetta. In una squallida caserma, sotto una luce giallognola e malata. Spinta in avanti dalla canna di un fucile piantata nella schiena. Ma lei si volta e guarda con sufficienza il suo carceriere. E con le spalle ritte, il mento alzato, cammina. Come se fosse lei a decidere dove andare e quando muoversi.

Forse le assi di legno del vagone sulla sua testa hanno cigolato?

No, non può essere.

È la notte che amplifica i suoni. O li crea del nulla.

Con la mano si tasta la giberna per le munizioni che gli hanno dato insieme al fucile. Ha colpi a sufficienza per un reggimento.

Spara in alto, si dice. In alto.

Sono due autocarri. Hanno l'anticipo regolato male, una roba di motori che Astolfo ha imparato da suo padre parlando di Tazio Nuvolari e delle corse d'auto, ma non l'ha mai capita bene. Ne ha capito però gli effetti: ogni tanto quei motori si lasciano sfuggire un botto dal tubo di scappamento. Nessun meccanico che abbia pensato di regolarli? L'impero fascista si sta sgretolando, e nessuno ha più la voglia o la capacità di tenerlo in piedi. Ma come succede per tutti gli animali feriti a morte, è proprio questo il momento in cui sono più pericolosi.

Gli autocarri irrompono nella stazione. Il primo attraversa le rotaie ad alta velocità, sobbalzando violentemente.

Un coro di grida e gemiti dal cassone. I prigionieri devo essere stati scaraventati uno addosso all'altro.

Una frenata brusca, e i due mezzi si fermano di fronte al vagone.

Due, quattro, otto, dieci fascisti sciamano fuori. Quattro si dispongono ai vertici di un rettangolo immaginario, gli occhi che scrutano nella notte. Gli altri abbaiano ordini, tirano indietro il telone dei camion, abbassano le fiancate.

"Fuori tutti! Muovetevi!"

È il momento. Astolfo lo sa. Ma non deve sparare per primo. Deve attendere il colpo di Barbato. Il suo indice striscia lentamente, si porta sul grilletto, accarezza la morte che dorme nelle pallottole.

Ed eccolo! Uno sparo nel buio!

Subito, un crepitare di fucili, colpi dappertutto.

Astolfo preme il grilletto, mentre la sua canna punta il cielo. Tiene gli occhi chiusi, ma non cambia nulla.

Tira e spinge la leva dell'otturatore, un altro colpo in canna, fuoco!

E di nuovo, e di nuovo.

Il suo cuore sembra esplodere a ogni colpo.

I fascisti hanno smesso di occuparsi dei prigionieri. Ventre a terra, rispondono al fuoco con brevi raffiche di mitra.

Scintille esplodono sulle ruote del vagone, a poche spanne dalla testa di Astolfo.

Istintivamente il ragazzo si ritrae nell'oscurità, interrompendo il fuoco.

Ma è solo un attimo. Il pensiero di Cosetta lo anima.

"Fanculo la paura!"

Ed è di nuovo con il mento appoggiato alla rotaia, e il fucile che spara.

Sibili, piccole esplosioni, come fuochi d'artificio che hanno preso un po' d'umidità.

E poi quattro, sei, otto soli che brillano nella notte trasformandola in giorno. I bastoncini di fosforo, appesi a piccoli paracadute, scendono lentamente emanando una sfavillante luce gialla, e proiettando ombre nere che si spostano in direzione opposta a loro.

Ora i fascisti sono bene in vista.

Alcuni prigionieri sono a terra, accalcati in un mucchio di corpi, che cercano protezione stringendosi assieme.

Altri, la maggior parte, sono ancora sui camion.

I ribelli aggiustano il tiro e due dei fascisti vengono colpiti.

Alla luce gialla del fosforo, il loro sangue sembra nero.

Astolfo osa abbassare la mira. Osa puntare la canna su un fascista.

Che è là, dritto in fondo al mirino, la canna si muove di poco seguendo il respiro del ragazzo.

Astolfo trattiene il fiato.

Si pulisce il sudore che gli vela gli occhi.

Riprende la mira. Il fascista è ancora là. La signora nera con la falce è accanto a lui, e sorride oscenamente guardando il ragazzo col fucile in mano.

Astolfo mette l'indice sul grilletto. Spara.

L'ha colpito?

Impossibile saperlo, perché è subito il caos. Con un grido è cominciato l'assalto.

Zama spunta alla destra di Astolfo. Con un guizzo percorre i metri che lo separano dal fascista che ha scelto come bersaglio. Poi, con un movimento aggraziato e letale, a metà tra un passo di danza e un'acrobazia, si proietta alle spalle del nemico. Lo abbraccia. La sua lama brilla alla luce dei bengala e sparisce nel collo della vittima.

Il ragazzo si accascia a terra, senza un gemito né un movimento. Era un fascista armato, ora è un corpo senza vita.

Ester non è da meno. Appena Astolfo riesce a staccare gli occhi da Zama, la scorge. Un po' più a sinistra. Corre piegata in due, le lunghe trecce bionde che toccano quasi terra. Nel pugno destro, la baionetta. Non segue una linea dritta, ma scarta ora a destra ora a sinistra, secondo una logica imprevedibile.

E nel mucchio di prigionieri taglia corde, li fa separare.

Un fascista la scorge e punta il mitra per una raffica.

Sarà una strage.

Astolfo prende la mira, in mezzo alla schiena del fascista. È l'unico che possa fermarlo prima che il suo mitra distribuisca la morte a Ester, a Cosetta e agli altri.

Spara.

Il fascista crolla a terra, mentre la sua arma sventaglia piombo verso il cielo. È stato colpito al ginocchio.

Ester lo vede. Agli occhi di Astolfo è una tigre. Balza sul fascista ferito e in un attimo lo uccide sprofondandogli la baionetta nell'addome.

Poi la ragazza alza lo sguardo. I suoi occhi incrociano quelli di Astolfo.

Un sorriso.

Grazie, dice la sua espressione. Mi hai salvato la vita.

I fascisti stanno avendo la peggio.

E capiscono che non vale la pena morire per alcuni prigionieri.

Come se stessero rispondendo a un ordine mai urlato, i superstiti abbandonano le armi e scappano via.

Cala il silenzio, rotto soltanto dal singhiozzare di questo o quel prigioniero, i cui nervi hanno ceduto.

Gli ultimi ribelli, come Astolfo, escono dai nascondigli e si avvicinano al treno.

Cerca la sorella. Dov'è Cosetta?

La vede, abbracciata a Ester.

Non è mai stato così felice.

È tutto finito.

Ma non è così.

Quando i ribelli sono ormai vicini ai prigionieri liberati, un rumore stridulo e violento si scatena alle loro spalle.

Viene dai vagoni abbandonati, che poco prima hanno offerto loro riparo. I portelloni si spalancano, aperti dall'interno.

E sono pieni di fascisti. Altri fascisti.

Che sparano all'impazzata.

Li stavano aspettando.

27.

20 marzo 1945, martedì

Il sorriso di Novena brilla alla luce dei bengala che stanno per estinguersi.

E il suo Winchester sputa vampate di fuoco a ogni colpo.

Con lui, una trentina di uomini, distribuiti sui due vagoni abbandonati.

Trenta armi, tra fucili e mitra.

Una grandinata di proiettili.

I ribelli sono tutti allo scoperto. Formano un gruppetto attorno agli ex prigionieri.

Uno dopo l'altro i bengala si spengono e calano le tenebre. La notte è ancora più scura, perché la luce sfolgorante dei bastoni di fosforo ha tolto a tutti la capacità di vedere alla tenue luce dello spicchio di luna.

I proiettili volano in ogni direzione, senza meta e – fortunatamente – senza intenzione.

Solo ogni tanto il suono umido di una ferita, e il gemito di qualcuno, e il rumore di un corpo che crolla a terra.

Il macchinista, che meno di chiunque altro è disposto a lasciare le penne in questo scontro, decide che c'è abbastanza pressione in caldaia. Tira una leva, sblocca il freno, apre una valvola.

Un sibilo, e il vapore soffia negli stantuffi.

Con un cigolio acuto, le ruote girano a vuoto sul ferro lucido del binario.

Un'altra leva, e un mucchietto di sabbia viene liberato tra ruota e rotaia. Attrito. Presa. La locomotiva si muove.

Se ne va.

Tra i ribelli e i prigionieri c'è il caos. Ognuno corre come una gallina decapitata in cerca di un riparo, di una copertura. I ribelli si organizzano e cominciano a sparare verso le vampe delle armi fasciste.

Il crepitare delle armi è assordante.

Minuti e minuti di fuoco ininterrotto.

I fascisti interrompono il fuoco. E poco dopo anche i ribelli. Un momento per tirare il fiato e cambiare i caricatori fa comodo a tutti.

"Arrendetevi," ordina Novena. "Non avete scampo."

Silenzio.

"Come avete visto," continua il fascista, "anche noi siamo capaci di nasconderci e colpire alle spalle, come avete fatto voi vigliacchi. Noi siamo per guerreggiare a viso aperto, con il coraggio che deriva dalla giustezza delle nostre azioni. Ma sappiamo adeguarci a voi feccia di… "

Qualcuno spara nella direzione della voce di Novena. Probabilmente l'ha mancato, ma almeno l'ha fatto tacere.

Astolfo inserisce nel fucile l'ultima clip da sei colpi. L'ultima. Poi il suo fucile sarà solo un bastone di legno e acciaio.

E poi?

E gli altri, come sono messi?

E i fascisti?

Come finirà questa battaglia? Con la vittoria di chi ha più munizioni in tasca?

E in un attimo, senza che nessuno l'abbia chiamato o richiesto, l'inferno scoppia di nuovo.

Astolfo è riuscito a trovare copertura dietro una delle colonne che sostiene un grosso serbatoio per le locomotive.

La colonna con le bordature di ferro non è sufficiente a coprirlo del tutto. Ma lui le deve la vita quando uno sparo la colpisce creando una piccola esplosione di scintille e schegge di legno.

Astolfo chiude gli occhi. Ringrazia il suo angelo custode.

Chissà dov'è Cosetta. Dev'essere dietro di lui: Astolfo è tra i più vicini ai vagoni dei fascisti.

Avrà trovato un riparo? Sarà scappata? No. Starà sicuramente aiutando qualcuno che è stato colpito, cercando di trascinarlo via dalla linea di fuoco, oppure tamponandogli la ferita con un pezzo della gonna. O…

Astolfo chiude gli occhi: è troppo buio all'interno dei vagoni per scorgere bersagli. Meglio affidarsi all'udito. O all'istinto.

Preme il grilletto. Tira indietro la leva dell'otturatore, espellendo il bossolo usato, e la rispinge in avanti. Preme il grilletto. Tira la leva. La spinge. Preme. Tira. Spinge. Preme tira spinge preme tira spinge preme tira spinge.

Preme. Clic.

Ha finito le munizioni.

In quel momento un'ombra scatta qualche metro alla sua destra. Ne riconosce le movenze. È Zama. L'uomo scivola fino all'estremità del vagone. Si attacca a una scaletta e in un attimo è sul tetto.

La sua sagoma eclissa la luna per un momento mentre si corica e striscia sul tetto del carro fino ad avvicinarsi al portellone.

Getta dentro qualcosa, poi si lascia rotolare indietro fino a cadere dal vagone.

Astolfo non lo vede più.

In compenso sente le voci.

I fascisti stanno gridando: “Granata! Fuori! Fuori tutti!”.

Solo due o tre riescono a scapicollarsi fuori prima che il carro esploda in un’enorme palla di fuoco.

Abbagliante, assordante.

Lo spostamento d’aria investe Astolfo come una raffica di tempesta. Ma è aria calda e fetida: puzza di zolfo e puzza di sangue e puzza di morte.

Un corpo atterra pochi metri di fronte a lui. È stato proiettato fuori dal carro.

Ora giace al suolo, ma non è morto. Respira pesantemente, impreca.

In mano regge ancora un fucile rivestito di ottone. Astolfo riconosce il Winchester.

Il ragazzo sa che deve sfruttare l’opportunità. Ora o mai più. Ma come fare?

Ha una baionetta appesa alla cintura. L’ha raccolta su al campo, dove erano state disposte le armi per l’azione. Era rimasta lì. L’ha guardata. Ha pensato a Ester: lei ne ha sempre una. E l’ha presa.

La mano gli scivola sul fianco, la sente. La sfila dal fodero. La impugna stringendola stretta.

Non sa come usarla. Nessuno gliel’ha insegnato.

Ma alla fine è solo un coltello, no?

Striscia verso il corpo di Novena, che geme, oscillando da una parte all’altra, toccandosi spalle e braccia come per controllare di essere tutto intero.

Un balzo, e Astolfo gli è addosso.
Sente il suo fiato che gli soffia sul viso. Sente il corpo dell'uomo che odia di più al mondo, teso sotto al suo, e ancora forte.
Senza togliere gli occhi dal viso del nemico, Astolfo preme con forza il manico, spingendo la punta della lama nel ventre del fascista.
Non vuole pensare alla punta d'acciaio che scivola nella carne, nelle interiora dell'uomo. Non vuole pensare, vuole agire e basta.
Ma la lama non entra. Ha incontrato un ostacolo.
Forse la cintura.
Astolfo cerca di riposizionare la baionetta, trovare un lembo di carne scoperto.
Novena sorride. Un suo dente d'oro raccoglie un debole raggio di luna.
Fa leva sulle spalle e scaraventa il corpo del ragazzo. La baionetta scivola via dalla dita sudate e tintinna urtando un binario.
Novena ride.
Astolfo apre gli occhi.
Un fascista gli sta puntando una pistola addosso.
Non c'è tempo per aprire bocca, non c'è tempo per agire, non c'è tempo per pregare.
Uno sparo. Un lampo di luce.
Astolfo senta una fitta al torace.
Un caleidoscopio di luci si illumina sotto le palpebre chiuse del ragazzo. Brilla per qualche istante.
E poi si spegne.

28.

25 aprile 1945, mercoledì

I ricordi sono vaghi, isolati, come le fotografie di un vecchio album. Continua a sfogliarli, ripescandoli dalla memoria e studiandoli meticolosamente alla ricerca di qualche dettaglio che potrebbe essergli sfuggito.

Quello più ricorrente è Cosetta, coricata di fianco a lui (allora lei ce l'ha fatta!) con gli occhi chiusi, e un ago conficcato nel braccio e un tubicino che gli porta il sangue che lei gli sta donando. Lui avrebbe voluto dirle qualcosa, ma era riuscito a malapena ad aprire gli occhi. Parlare era fuori questione.

Oppure rivede sua mamma che gli appoggia una pezza di stoffa umida e fresca sulla fronte. E gli dà una carezza, come se fosse ancora un bambino. Come se non avesse mai cercato di infilare una baionetta nella pancia di un fascista.

O suo padre, seduto di fianco al letto, che si aggiusta gli occhiali sul naso, avvicina la lampada e attacca a leggergli a voce alta *Le tigri di Mompracem*.

Spesso ripensa a Ester, le trecce bionde e gli occhi arrossati, con la mano appoggiata alla sua caviglia. Nel ricordo, deformato dall'emozione, lui la sente attraverso il lenzuolo e la coperta di lana, leggera come una piuma. Vorrebbe baciarla, ma non riesce a fare altro che spiarla attraverso le palpebre socchiuse, immaginando la morbidezza delle sue labbra. Sa che anche Ester vorrebbe baciarlo, ma la presenza della madre nella camera alza una barriera invalicabile tra di loro.

Rivede anche l'immagine di Barbato, in silenzio ai piedi del letto. La bocca più tesa, le rughe più profonde, le occhiaie più scure.

E, talvolta, gli torna in mente persino il dottore, che gli controlla la ferita, stringe le labbra come se volesse baciarlo, ma fortunatamente si limita ad annuire soddisfatto.

Un po' alla volta, le forze si sono radunate e sono tornate lasciando il peggio alle spalle. Con gli occhi aperti per gran parte delle giornate, Astolfo ha cominciato a parlare. E a chiedere.

Che cosa è successo? Chi è stato ferito quella notte? Ce l'abbiamo fatta a salvare i prigionieri?

Ma la domanda più pressante è: dov'è Cosetta?

Perché da quando Astolfo ha ripreso conoscenza, Cosetta non s'è più vista.

E nemmeno Barbato, o Zama.

Nemmeno Ester.

Dove sono tutti?

Ma la risposta era sempre una e solo una, non importava se veniva dalla mamma, dal conte, dal dottore: "Devi riposare. Devi riprenderti. Non ti preoccupare, va tutto bene".

Finalmente, oggi Astolfo lascia il letto. Gli sono consentite, anzi consigliate, brevi passeggiate lungo i corridoi. Il dottore ha detto che deve muoversi. Hanno messo una poltrona di fianco alla finestra della sua camera.

La ferita, quattro dita sopra il capezzolo sinistro, tira. Gli sembra un gingillo di cristallo, che potrebbe frantumarsi a ogni movimento.

Poco più in basso e il proiettile avrebbe preso il cuore. E la sua vita sarebbe finita quella notte, davanti a Novena che sghignazzava.

Gli alberi del giardino sono in fiore. È ormai primavera inoltrata.

"Che giorno è?" chiede a suo padre. Ha camminato fino al suo studio, aiutandosi con un bastone.

Il conte alza gli occhi dalla scrivania. La penna, sospesa a mezz'aria sopra un quaderno. "Oggi, se tutto va secondo i piani, potrebbe essere una giornata che resterà nella storia, figliolo."

"Sì, ma che giorno è?"

"È il 25 aprile."

"Ma è più di un mese che sono qui!" dice Astolfo e con un gesto della mano indica la ferita. Adesso non gli interessano i risvolti storici della giornata, pensa solo che il mondo è andato avanti per quattro o cinque settimane senza che lui potesse fare la sua parte.

"E ringraziamo il cielo che sia così, Astolfo. Poteva andare molto peggio. Molto."

"Dov'è Cosetta? Me lo volete dire?"

Il conte avvita il tappo sulla penna stilografica e la appoggia con meticolosa lentezza sul piano della scrivania, perfettamente parallela al bordo del quaderno. "Tutto il gruppo di Barbato è a Torino. Cosetta è con loro."

"A Torino?" chiede Astolfo, cercando di nascondere la delusione di essere stato escluso. "A fare cosa?"

"A vincere," mormora il conte, con un nodo in gola, come se con quelle parole stesse rischiando di rovinare ogni cosa.

Astolfo fa qualche passo e raggiunge una poltrona di fronte alla scrivania del padre. Si lascia crollare su di essa, noncurante del bastone che cade a terra rimbalzando più volte sul parquet dello studio. Si porta la mano destra alla ferita e la massaggia lentamente. "A vincere..." dice piano, mentre sulle labbra gli si schiude un sorriso.

È contagioso, perché anche suo padre sta sorridendo, mentre ripete: "A vincere".

EPILOGO

Marzo 1946

Ci sono molti modi per ferire un uomo
E buttarlo a terra
Puoi pestarlo
Puoi tradirlo
Puoi trattarlo male e abbandonarlo
nel momento del bisogno.

QUEEN, *Another One Bites the Dust*

29.

23 marzo 1946, sabato

Astolfo si dà un'ultima occhiata allo specchio. Ha indossato il suo vestito migliore.

"Ci sei?" grida Cosetta dietro la porta.

"Sì."

Un camion arriva rombando sotto casa. Il ragazzo si affaccia alla finestra e vede lo stesso autocarro che li aveva portati alla stazione di Barge, la notte della battaglia in cui era stato ferito. Il mezzo ha le cicatrici di una carriera combattente: fango calcificato, graffi arrugginiti, fori di proiettili, ammaccature e riparazioni con pezzi di fortuna.

Astolfo sa che dovrebbe affrettarsi, non far attendere i compagni. Ma resta alla finestra, affascinato da quel camion da cui cominciano a scendere i suoi amici, i suoi fratelli.

Barbato. È la prima volta che Astolfo lo vede in borghese. Sembra un po' più piccolo, ma rimane imponente. Ha l'aspetto di un avvocato in procinto di entrare in tribunale. Uno di quelli dei film, che arrivano sorridendo con una cartelletta sottobraccio e che le cause le vincono tutte. Con un sorriso Astolfo ricorda che Barbato è davvero un avvocato. E tutti loro sono davvero in procinto di entrare in un tribunale.

Dal cassone posteriore salta giù Zama. Indossa una giacca

di lana su una camicia candida, ma è senza cravatta. Le spalle larghe faticano a trovare spazio nell'indumento stretto, mentre le gambe un po' ricurve lo fanno sembrare un personaggio di un film western. Il suo sguardo è quello di sempre: attento, pronto, tagliente.

Allunga una mano e aiuta Ester a scendere. La ragazza indossa l'abito della domenica, di certo il più elegante che possiede. È l'indumento di una contadina, portato con orgoglio.

Astolfo si allontana dalla finestra, raccoglie i guanti di pelle dalla scrivania e, uscendo, getta un'ultima occhiata allo specchio.

Ma come si è vestito?

Lui è uno di loro, perché sta mettendo questa barriera tra lui e i suoi compagni?

Vorrebbe togliersi i vestiti, lanciarli alla rinfusa sul letto e cambiarsi. Ma Cosetta bussa alla porta e, senza attendere risposta, fa capolino nella stanza.

"Dai, muoviti. Sono arrivati!"

Astolfo raggiunge il gruppetto di compagni, che li attendono attorno al camion. Anche Kurt è sceso dal posto di guida. È l'unico in divisa. Una divisa nuova, pulita e stirata, da soldato americano, con le decorazioni ben in vista. Sta disquisendo di vini della California con il conte e la contessa che lo ascoltano con cortesia.

Zama mette un braccio pesante sulle spalle di Astolfo.

"Chi è che si sposa, oggi?" e scoppia a ridere.

Impossibile trattenersi, le rare volte che ride Zama.

Attraversano la piazza del paese. Le sospensioni cigolano e il motore borbotta.

Sono passati undici mesi da quel giorno di aprile del 1945,

quando il regime fascista è crollato sotto i colpi degli Alleati e dei partigiani, e i tedeschi si sono arresi interrompendo un'occupazione durata più di un anno e mezzo.

Gran parte dei fascisti sono subito spariti, prima nascondendosi sotto i sassi come formiche impaurite, e poi uscendone dall'altra parte cercando di sembrare limpidi e puri: "Mai stato fascista, io!".

Vecchi manifesti sono appesi a ogni muro. Sono stinti dal sole, alcuni ormai illeggibili. Nonostante siano stati affissi diversi mesi fa, e siano stati superati dai fatti e dalla Storia, nessuno ha voluto rimuoverli. Nessuno ha osato sfiorarli.

Riportano una foto di Natale Spirito Novena, con lo sguardo truce e il sorriso sghembo. La scritta, sotto la foto, va dritta al punto, non richiede spiegazioni: HA UCCISO 185 PARTIGIANI.

L'aula del tribunale di Torino è affollata. Astolfo riconosce visi noti mescolati a sconosciuti. Quanta gente ha incontrato la crudeltà di Novena?

Il loro gruppo trova posto vicino a una parete, non lontano dal banco della difesa. Non ci sono più posti a sedere, ma combattenti come Barbato, Zama, Cosetta e Astolfo non temono un po' di ore da passare in piedi.

Riescono a vederlo, Novena, seduto con il capo chino sulla panca. Che sia pentito? Poi l'uomo alza la testa, fa scorrere lo sguardo sulla gente che affolla l'aula. E sorride.

S'alza un boato di protesta che il giudice fatica a domare, minacciando di interrompere il procedimento.

È l'ultimo giorno di un processo che va avanti da settimane. Più di trecento testimoni hanno raccontato le loro storie, accusando Novena di angherie, crudeltà, crimini. L'uomo è chiaramente colpevole. Nessuno può difenderlo. Ma il suo avvocato ci prova. Prende la parola.

"Non dobbiamo dimenticare," dice sbracciandosi, "che

quest'uomo non ha commesso crimine alcuno fino all'età di quarant'anni! Era completamente incensurato! Mai è stato accusato di alcunché, prima. Il fatto che poi sia stato coinvolto in azioni violente, come dichiara l'accusa, non può che essere provocato da una perdita della capacità di intendere e di volere. Chiediamo quindi la seminfermità mentale per l'imputato Novena."

"Che significa?" chiede Astolfo a Barbato, che è in piedi di fianco a lui.

Il comandante scuota la testa, è turbato. "Che significa?" bisbiglia, ma vorrebbe gridare. "Significa che quel delinquente di avvocato, che andrebbe processato insieme a quell'animale di Novena, sta suggerendo che Novena non fosse cosciente delle sue azioni, che agisse senza rendersi conto di cosa stava facendo."

"Ma non è vero!" protesta Astolfo. Quel sorriso illuminato dai bengala nella notte torna come un lampo nella mente del ragazzo. "Sapeva benissimo cosa stava facendo!"

"Infatti. Spero che il giudice non si faccia convincere, altrimenti Novena potrebbe cavarsela con un ricovero in ospedale psichiatrico..."

Ma il giudice non ci casca. Quando, dopo un'attesa interminabile, viene emesso il giudizio, la folla è soddisfatta. Novena è condannato a morte.

Il camion arriva al palazzo che ormai è sera.

I compagni scendono. È il momento di salutarsi.

Barbato abbraccia Cosetta. "Grazie," mormora. "Mi mancheranno le chiacchierate con te."

"Non devono per forza finire qui."

"Credo che tornerò in Sicilia, tornerò a fare l'avvocato, tornerò a essere Pompeo Colajanni..."

"Scrivimi. D'accordo? Io ti scriverò. Sempre."

Astolfo ed Ester si allontanano di qualche passo. Sono uno di fronte all'altra, si tengono le mani, si guardano negli occhi. Quasi viola, quelli di lei, più scuri quelli di lui.

Nessuno dei due parla a lungo. Poi parlano insieme, e scoppiano a ridere. Poi di nuovo un attimo di silenzio.

"Prima tu," dice infine Astolfo.

"Sai, quella notte che tu, io..." dice lei, trovando con difficoltà le parole. "Insomma, avevi detto che alla fine di tutto mi avresti voluto sposare... Be', ora tutto è finito, ma... io..." E indica con un cenno del mento il palazzo. "Io lavoro nei campi, Astolfo... Non credo che..."

Ora Astolfo ha fretta di parlare. "Io devo tornare a Torino. Finire la scuola. Fare l'università. Però, ecco... dopo potremmo..." Non vuole dirle che teme che le loro vite siano troppo diverse e che è stata solo la guerra a scaraventarle insieme per questi pochi, intensissimi mesi. Che nell'inferno che hanno vissuto, sono stati l'una la salvezza per l'altro e viceversa... ma fuori dall'inferno tutto cambia.

Non vuole dirglielo, perché ha paura di ferirla, perché pensa che non sia un comportamento da gentiluomo, perché la ama, e parte di lui vorrebbe davvero passare la sua vita con lei. Ma la guerra è finita e quei sogni lasciano spazio a cose più difficili, più complesse.

"Io voglio tornare nei campi, Astolfo. Voglio curare le bestie e condurre una vita normale. Io non posso sposarti. So che ce l'eravamo promessi. Ti prego, non odiarmi, ma non posso."

"Io..." Astolfo è senza parole.

Lei lo bacia. Ed è un bacio intenso, d'amore e d'addio.

Zama si avvicina. "Si fa buio, e le stelle Zama vuole osservarle dalla cima di una montagna. La città è troppo pericolosa, in tempo di pace."

Astolfo ed Ester, un po' imbarazzati, si separano.

"Vieni," dice Zama a Cosetta, indicandole di avvicinarsi a Ester. "Ho qualcosa per voi."

Cerca nella tasca della giacca ed estrae due pietre trasparenti. Sono poco più grandi di perle e brillano nella fioca luce del tramonto. "Queste sono per voi, in modo che vi ricorderete sempre di Eduardo Zapata."

Cosetta lo guarda interrogativa.

"Non era Zamacois, il cognome?"

Lui annuisce.

"Non sempre."

Ester osserva i diamanti con ammirazione, non sa cosa dire.

Cosetta invece ha delle domande. "Ma... fanno parte del tesoro della Quarta Armata?"

Zama sorride. "Chi lo sa?"

Cosetta insiste. "Ma quel tesoro non è andato alla causa?"

Zama si gratta una guancia. Fa l'occhiolino. "Sì. Ma forse non proprio tutto."

Cosetta lancia un'occhiata a Barbato, che sta sorridendo di fianco al sudamericano. "E Barbato lo sa?" chiede la ragazza, con tono complice.

Barbato si allenta il nodo della cravatta e prende una sigaretta dal taschino.

"Alle volte," dice, "si può pensare di non rispettarle proprio tutte, le regole."

"Fanculo le regole," dice Zama.

"Ecco, non avrei saputo dirlo meglio, amico mio."

Titoli di coda

BARBATO, Pompeo Colajanni, si diede alla politica, ricevendo incarichi di rilievo e guadagnandosi sempre grande rispetto, anche dalle fazioni avversarie. Mantenne per tutta la sua lunga vita una costante e appassionata corrispondenza con Cosetta.

ESTER tornò alla sua campagna e alle sue bestie. Non studiò mai, ma divenne la più brava veterinaria della zona.

ZAMA partì per le Americhe, e nessuno saprà mai dove arrivò né quali avventure e cause abbracciò, né quale fosse la sua patria o il suo vero nome.

NOVENA, nel caos del dopoguerra e dei difficili conti da risolvere col fascismo, ebbe la sua condanna annullata da un'amnistia. Trascorse i suoi ultimi anni vicino a Roma, gestendo un distributore di benzina.

EUFRASIA detta COSETTA seguì l'ispirazione letteraria del proprio nome e soprannome, e divenne scrittrice di romanzi, perlopiù a tema sociale e con idee politiche spesso rivoluzionarie. Ogni tanto, quando aveva bisogno di un personaggio po' speciale, ricordava Zama e, con un sorriso, rievocava parole e azioni che per tutta la vita le sembrarono al limite dell'incredibile. E quando doveva rappresentare l'orrore, con grande sofferenza pensava a quel ragazzo tedesco che aveva visto morire in un fosso, tanto tanto tempo prima.

ASTOLFO andò a studiare a Torino per diventare avvocato. Ma poco dopo capì come avrebbe voluto vivere davvero il resto della sua vita e così scelse di diventare insegnante di scuola media, fece innamorare di Dante Alighieri generazioni di ragazzini, ed ebbe una vita lunga e felice. Tornando con lo sguardo del ricordo a quegli anni, in quelle sere d'estate in cui la solitudine ti stringe il cuore, penserà sempre che quegli uomini e quelle donne che tutti chiamavano ribelli siano stati i più nobili, i più veri e i migliori compagni di viaggio della sua vita.

Ringraziamenti

Questo libro nasce assieme a un altro libro, *La Resistenza perfetta*, di Giovanni De Luna. Ho avuto il privilegio, a suo tempo, di leggerlo in bozza e ne sono rimasto affascinato: al di là dell'eccellenza del lavoro storico, che tanti ben più titolati di me hanno poi sottolineato, mi sembrava di leggere un romanzo, di vedere una serie televisiva, tanta era la potenza della storia, dei personaggi e delle loro azioni.

Quindi il mio ringraziamento più sentito va proprio a Giovanni De Luna: la sua generosità ci ha permesso di salire sulle spalle di un gigante e di raccontare ancora una volta quella storia per farla arrivare ai lettori più giovani, che speriamo di poter incuriosire, far sognare, emozionare, intrattenere, rifornire di esempi e di slanci verso un futuro migliore. Senza dimenticare mai che la guerra è orribile e sbagliata, sempre. Funziona solo nei film o nei romanzi. Nella realtà, si perde tutti, sempre.

Non è un libro di storia, questo, speriamo che si sia ben capito. Non contiene verità. È un lavoro di finzione, con personaggi del tutto inventati, come il nostro giovane protagonista, ed altri molto liberamente ispirati a personaggi che, nel bene e nel male, hanno scritto la storia del nostro paese. Se qualcuno vorrà saperne di più andando a leggere i testi storici, a cercare le fonti originali, a guardare le fotografie dell'epoca, bene, vorrà dire che questo racconto è servito a qualcosa.

Grazie a Carlo Greppi, che mi insegna lo sguardo del narratore della Storia e mi onora dello sguardo dell'amico.

Grazie a Christian Hill, meraviglioso compagno di viaggio, instancabile narratore, appassionato costruttore di personaggi e di avventure. Non è stato facile scrivere un romanzo a quattro mani in tempi orrendi di pandemia, ma ce l'abbiamo fatta. Speriamo di cuore di aver contribuito, seppur con un granello di sabbia, a costruire un po' di speranza per il futuro attraverso la forza e la nobiltà d'animo dei nostri eroi.

Grazie a Francesco Melzi D'Eril, che da tempo mi regala fiducia e amicizia.

Questo libro è come sempre dedicato a Claudia, Federico, Leonardo, Gloria e Alessandro Beniamino: senza di voi, queste parole non avrebbero alcun senso.

Marco

Era da un po' che desideravo scrivere una storia sui partigiani. Lavorando su altri progetti, in altri mondi, mi ero avvicinato alle loro vicende e alle loro imprese. Quando gli amici di Book on a Tree mi hanno proposto di "salire a bordo" e di collaborare con Marco alla stesura di un romanzo imperniato sulle imprese narrate ne *La Resistenza perfetta*, ho subito accettato con entusiasmo.

Scrivere a quattro mani non è semplice: bisogna trovare il giusto accordo su cosa scrivere ma soprattutto su come scriverlo. E per far sì che il risultato non sia un'accozzaglia di idee e voci diverse occorre fondere le due menti, creandone una terza, nuova, composta ma unica, che pensa per entrambi.

Credo che noi ci siamo riusciti.

La pandemia ha cercato di metterci i bastoni tra le ruote costringendoci a lavorare con meno contatti di quanto avremmo voluto. Ma mentre il mio corpo era bloccato in quarantena in casa, la mia mente correva tra il palazzo e il campo dei ribelli e osservava il mondo con gli occhi dei nostri protagonisti.

L'esperienza più importante che mi porto a casa da questo progetto è aver conosciuto Marco Ponti: sia professionalmente (la sua visione chiara dell'obiettivo è stata un faro nella realizzazione di questo romanzo) sia umanamente (ho aggiunto un nuovo nome alla lista dei miei amici, quelli veri).

Anch'io desidero dedicare questo libro alla mia famiglia, che in questo periodo più che mai ha dimostrato che insieme possiamo superare tutto. Grazie Jolanda, Eleonora e Linda. (E ho anche scoperto che la nostra cagnolina è originaria proprio dei luoghi raccontati in questo libro!)

Christian

Di Book on a Tree, vorremmo ringraziare Pierdomenico Baccalario, che ha aiutato questo progetto a mettersi in movimento, Lorenzo Rulfo, che lo ha coordinato, e Viola Gambarini che, con i suoi preziosi consigli, ci ha aiutato a strutturare meglio il racconto.

Di Feltrinelli, ringraziamo Chiara Fiengo per il supporto e l'organizzazione e Gaia Margutti per il minuzioso lavoro di editing e redazione.

Marco e Christian

Postfazione

di Giovanni De Luna

Emanuele Artom fu catturato dai tedeschi per sfinimento. Nel corso di un rastrellamento, mentre gli altri partigiani riuscirono a sganciarsi, Emanuele si arrese alla fatica: semplicemente non ce la faceva più a inerpicarsi su per la montagna; si fermò, seduto su un masso ad aspettare i suoi carnefici. Che ne fecero strazio: torture, insulti, sbeffeggiamenti. Fu un martirio che Emanuele accettò, con consapevolezza, fino al supplizio e alla morte. Cosa si può aggiungere all'intensità drammatica di questo racconto che la storia ci consegna, alle testimonianze di chi vide Emanuele nei suoi ultimi giorni, alla documentazione raccolta nelle carceri del suo sacrificio, ai ricordi dei suoi compagni? E chi può raccontare Emanuele meglio di quel suo *Diario* che, tra il gennaio 1940 e il febbraio 1944, ne ospitò i pensieri più intimi, intrecciando la sua vicenda autobiografica (esplorata senza infingimenti, anche nei risvolti più segreti) con una sorta di appuntamento con la storia che lo portò – a ventott'anni – a farsi partigiano nelle fila del Partito d'Azione?

Natale Spirito Novena era il comandante dei reparti della brigata nera "Ather Capelli" stanziati a Pinerolo, che spadroneggiò in quelle campagne negli anni tra il 1943 e il 1945. Fu accusato di ben 185 omicidi, documentati negli atti del processo contro di lui che si svolse dopo la Liberazione. La sua crudeltà ritorna nelle testimonianze delle vittime, in quei racconti in cui finisce per assomigliare all'orco delle fiabe, spietato e insaziabile. Era della zona e ne conosceva gli abitanti, le amicizie, le parentele. Se ne servì come strumenti di delazione e spionaggio, capovolgendo le sue relazioni in altrettante opportunità per la sua carriera di aguzzino. Novena è il malvagio delle tragedie shakespeariane, "'o malamente" della sceneggiata napoletana: e la storia ce lo presenta proprio così.

Ma allora perché farne il personaggio di un romanzo? E, oltre ad Artom e Novena, "Barbato", "Lampo", "Oscar", i tedeschi e i fascisti, i monarchici e i comunisti, insomma tutti i protagonisti della "Resistenza perfetta": perché strapparli alle pagine di un libro di storia e scaraventarli nella dimensione inedita della "Resistenza romanzata"?

Perché Marco Ponti e Christian Hill vogliono sedurre i cuori dei loro lettori, non solo le menti. E per farlo hanno bisogno di raccontare uomini e fatti in un registro narrativo in cui sono consentite anche "le invenzioni". "Zama", ad esempio, la storia ce lo presenta in un ritratto fitto di tenebre; queste tenebre gli autori le squarciano in un colpo solo per restituirci in quello stesso "Zama" il combattente consapevole di muoversi in una dimensione parossistica ed eccezionale, dove si entra solo per uccidere o farsi uccidere. "Zama" sta con Artom: nel racconto il guerriero e l'intellettuale sono complementari, il primo spara, il secondo pensa. Ma Artom è totalmente solidale con "Zama" e viceversa: dalla fusione delle loro figure scaturisce il tipo ideale del partigiano, cittadino in armi che lotta per una nuova patria e una nuova democrazia. La storia, la mia storia, non poteva inventare questa coppia, rivelandosi così inadatta a dare una veste anche simbolica alla "Resistenza perfetta".

Al centro del mio racconto c'è il *Palas*, il palazzo, un castello, la famiglia che lo abita insieme alla comunità che vi si raccoglie in quei venti mesi, tra il 1943 e il 1945: intellettuali e sacerdoti, nobili e sovversivi, sognatori e pragmatici... E a rendere "perfetta" la mia Resistenza è proprio quella comunità. Nelle discussioni che la attraversano affiora il progetto di un'Italia civile, migliore di quella che è naufragata con il fascismo; tutti vogliono "rifare l'Italia" per "fare gli italiani". "Onore" è una parola che in quei dibattiti cambia di significato: non più le lugubri evocazioni di un fascismo morente, che la declina insieme alla "fedeltà al camerata tedesco", ma un appello alla dignità e alla consapevolezza, prefigurando i termini con cui la parola e il concetto trasmigreranno nella nostra Costituzione. Si respira un'aria di riscatto nel *Palas*, la voglia di lasciarsi alle spalle venti anni di obbedienza e disciplina, di ignavia e servilismo. E per farlo si decide di discutere ma anche di sparare.

Nel racconto di Marco Ponti, alla comunità si sostituiscono gli individui: ognuno con la sua personalità, i suoi turbamenti, la sua umanità. Proprio queste differenze rendono esplicite le diversità dei due percorsi della storia e della letteratura.

Anch'io avevo immaginato di mettere in scena gli eventi che tra il 1943 e il 1945 trasformarono il territorio tra Barge e Bagnolo in una sorta di culla della nostra Repubblica. Ma i miei personaggi nascevano negli archivi e nelle testimonianze e non potevano esistere senza quella documentazione. Era la premessa filologica del mio lavoro, ma anche un obbligo deontologico: uno storico deve provare le sue argomentazioni. Anche se intuisce le inclinazioni soggettive degli uomini e delle donne che racconta, può scriverne solo se ha le "prove", se i documenti sono congruenti con le sue intuizioni.

È quindi difficile districarsi in una gabbia di carta così solida.

Eppure in apparenza i modelli narrativi di storia e romanzo sembrano uguali: organizzazione del materiale in sequenza cronologica, concentrazione del contenuto in un unico racconto coerente, eleganza stilistica. E dovrebbe essere facile mescolare le ambizioni "scientifiche" dello storico con "il desiderio di interpretazione" della letteratura. Non è così. Scrittori come Balzac, Hugo e Zola hanno reso "conoscibile" l'"inconoscibile" attraverso un impianto metodologico efficacemente sintetizzato da Louis Chevalier in questo brano di Victor Hugo: "La fogna è come la coscienza della città. Tutto vi converge e vi si confronta. In quel luogo livido, regnano sì le tenebre, ma non ci sono più segreti... Una fogna è come un uomo cinico. Dice tutto... Una tale sincerità dell'immondizia ci piace... L'osservatore sociale deve entrare in quelle ombre. Fanno parte del suo laboratorio".

Ecco, lo storico si arresta alle soglie di quella fogna. E i suoi "Barbato" e Novena, "Lampo" e Artom resteranno, nonostante le sue migliori intenzioni, personaggi di carta. In attesa di un narratore che, viaggiando sulle ali della fantasia, possa restituire a tutti un qualche tipo di vita.

Indice